さすらいの皇帝ペンギン

The wandering emperor penguin

高橋三千綱

Michitsuna Takahashi

集英社

さすらいの皇帝ペンギン

◉目次

氷原に佇んで瞑想するペンギンの幼子に、悲痛なまでの我慢強さと、
眩いばかりの純真さを感じた。生まれたての神がそこにいた。

第一章

赤い夕陽のメリークリスマス

1

陽がのぼる前の空は夜の海そっくりだった。起き抜けに窓にかかるカーテンを少し開いて、果てしなく深い青黒色の空を見ていた。その数秒の間に脳裏に夜の海が蘇った。あの時見た海は夜空を映していた。海面近くでは夜光虫が波間にざわめき、星屑のように身を翻した。

2

思い出していた。高校二年の夏休みに自転車で四国一周を試みたとき、土佐の山中で自転車がその旅で何度目かのパンクをして立ち往生した。水筒の中には少量の飲み水しか残っていなかった。仕方なく飯盒（はんごう）の蓋に小便をしてリムからはずしたタイヤを順繰りに浸して泡立つ空気がパンクした箇所を教えてくれるのを辛抱強く待った。探り当てたときには、それまで山から海に向けて射していた大きな夕方の光が、まるでたくさんの人魚がいっせいに深海に潜り込んでいくように遥かな海底に溶け込んでいった。

鬱蒼と繁った山の樹木が、不意に渦巻いてきた風にあおられて獣のような遠吠えを響かせた。少年じみた貧弱な骨格の背中に汗が噴き上がるのが感じられた。懐中電灯の電池が切れたのは海面から灯りが途絶えて十分ほどたった頃だった。強くなった樹木の咆哮に包まれた暗闇の中で、高校生の私は断崖があるはずのずっと下方に闇を塗りたくった空があり、その怒濤の夜空を小躍りして跳ねまわる星たちを見た。

恐ろしい光景だった。眼下に宇宙が広がり、ブラックホールにつながる闇の波で星たちがサーフィンをしていたのだ。

真夏の山中でつらになってしまった私は数秒後にはパンクした自転車を無我夢中で押して走っていた。自転車にとりつけた電灯は接触が悪くなると不意に消えた。すると人の頭ほどもある石に足をとられてたわいもなく転んだ。そんなことを数回繰り返した。

痛みで膝が伸びなくなったのは、どれくらいたってからだろうか。もう、だめだとあきらめかけたとき、急に周りを囲っていた森が途切れた。すると黒い世界が初めに小さな波音を連れて、次に怒濤の震えを山に向かって響かせてきた。海が隆起してきたのかと思った。でも、その素顔は人なつっこさも備えていた。微かに白い波が砕けるとそれは海が前歯をのぞかせて薄笑いをしたように思えた。夜の海風が崖の下から吹き上げてくると、よろけた私は大きくうねる海にきらめく星たちの乱舞をもう一度目撃することになった。いつのまにか恐怖心は消し飛んでいた。あれは宇宙の涙なんじゃないか、すげぇきれいだ。

脳も筋肉も何もかもこなごなになってしまい微粒子のような痺れだけが残っていた。

あんなに美しい夜光虫の群れを見られたのは幸運だった、とカーテンの隙間から東の空を眺めながらそう思い出していた。あの十六歳の夏の夜に見た黒い海の光景を思い出すことは稀だった。何かの折に剣客が死に際に抜いた脇差の剣先を見つめるように脳にあのときの夜光虫が一筋のかがやきとなって斬り込んでくるのだが、それがどういう心持ちでいるときに攻め込んでくるのか自分では分からずにいた。

3

夜が明け始める気配がカーテンを通して感じられた。青い地表が淡く滲み出してそっと暗い空を押し上げている。瞬きをするうちに、紫の空は桃色に染まり、巨大な血みどろの球体を現した。

風呂に入ろう。私は下着を手にして娘の部屋の前を通り階段を下りた。家のものはみな眠っている。遠赤外線のサウナのスイッチを入れてから風呂のドアを開け、軽く身体を湯で流して湯舟につかった。背中に泡があたってくる。昨夜は『文芸世界』に三ヶ月ごとに書いている連作小説の原稿がほとんど進まず、それは何が原因になっていたのか考えてみた。少したってから書き手が瞑想と妄想との争乱の中でおたおたとしていたからではないのか、と思い当たった。いったん首を回して次に考えたことは、来年の三月一日から始まる新聞の連載小説のことだった。タイトルは「恋の街サンフランシスコ」と決めていた。その前に出した長編小説のタイトルが「新・殺しのテクニック」というハードボイルドまがいのタイトルの純文学作品だったので、続けて楠三十郎著の本を読む読者は随分と面食らうことだろうとほくそ笑んでいた。

湯舟を出て、遠赤外線の狭いサウナに入るとたちどころに汗と一緒に勇気が湧いてきて、新聞紙上で連載が始まると同時に手元の原稿では完成し脱稿しているという奇跡は起こりえないものかと欲までもみなぎってきた。いや、やろうと思えばできるはずだ。古手の作家の中には完成した作品を分割して雑誌に連載する律儀者もいるという。尊敬はしないがそういう人は作家業で呻吟することもなく、公務員でもやっていけるのだろうと薄気味の悪さを覚える。だが私も人生初の冒険として連載前に脱稿させるという奇跡の技を発揮してもいい年頃になったようだ。すると半月くらい居酒屋漂流ができるかもしれない、芭蕉のたどった「おくのほそ道」を燗酒を求めて追体験するのも一興だなと考えて鏡に映った桃色にほてった上半身を眺めていた。白濁した汗の浮いた胸は喘いでいるように見えた。173・4センチ、62・3キロの身体には巨大な蛭（ひる）のような筋肉がうごめいていて「まだ充分に使える」と自らうぬぼれ気味に感想を洩らしていた。うぬぼれはナルシストへの第一歩なのではなく、新しい自分を発見するための貴重な糧だと思う。

サウナを出ると、バスタオルを一枚巻いただけの格好で冷えた空気の漂う居間のソファに座り、明るさの増した庭を見ながらヱビスビールを呑んだ。腹の中が幸せ色に染まった。宇宙遊泳しているような感覚で二階の寝室に戻って再び横になったのは、残っていた半ダースの缶ビールがみんななくなってしまってからだった。

4

ピピリと啼く鳥の声で目が覚めた。啼き声は頭がはっきりしてくるとピプリ、ピピ、ピィチュリと複雑になってくるのが聞き取れた。壁時計の針は八時四十分を指していた。あれから一時間半ほど眠ったようだった。その間に何人もの人間が現れてきてはスカイダイビングをしたり、高名な指揮者が骨董品を値引きする老人を演じたりする戯画化した夢を見た。ヴィーナスが貝殻から片足を出して伸び上がる姿態を披露するシーンもあったようだが、場面がポンペイの洗濯場に変わったので何が何だか分からなくなった。

起き上がって庭側の窓のカーテンをそっと開くとまだ緑の葉を持つ木の枝に小さな鳥がとまって首を四方に傾げながら啼いていた。黒い羽根毛の帽子を被った鳥で背中と腹に橙色の毛を持った明るい雰囲気の鳥だった。夏の終わりには何度か見かけたが十一月に入ってもまだこのあたりの空を徘徊している姿を見ると、身体の奥深いところまで新鮮な風が吹き込んでくる気がして何だか浮き浮きしてくる。

自然の美しさに対しては鈍感で、荘厳なスイスの山脈を見てもほほうと思うだけで五分もすると見飽きてしまうのだが、窓のすぐ先2メートルほどのところの小枝にとまって啼いている小鳥の姿を目の当たりにすると、まるで真冬に炬燵に入りながら口に含んだ熱燗が腹の底で小さな灯火に変わったような温かみが感じられた。

カーテンを閉めてからガウンを着て洗顔した。奥歯の裏側をよく磨いて下さいと言いながら、つかの高い胸を押しつけてきた歯科衛生士の丸みを帯びた顔が浮かんだ。歯垢を掃除してもらうつもりで二日前に歯科医院に行ったのだが、歯槽膿漏の予防はいまからしておくのが肝腎です、と言って歯垢掃除だけでなくあれやこれや世話を焼いてくれた。

「煙草は随分吸いますか」

「ハイライトを毎日五十本」

歯科衛生士は丸い顔の中で溺れかけている小さな鼻をせわしく回転させた。

「それは吸い過ぎです。ここに来る女性の患者さんで毎日ひと箱十年吸い続けて歯の裏側が脂（やに）で真っ黒になってしまって、どうにかしてくれとなきついてきた方がいるんです。ヤニの臭いがひどくて彼氏から疑いの目を向けられているというんです。お見合いしたらしいんですよ。煙草は吸ったことがないと猫を被ってどうにか気に入られかけているようなんです」

彼女は囁くように話していたが、そんな話題は別に私が望んだことではなかったので、気のない返事をしておいたのだが、帰り際にこれ、差し上げますから歯の裏側をよく磨いて下さいと言われて一本の歯ブラシを渡された。使ってみるとブラシのついている部分が細身で奥歯の裏側まですんなりと届く。これでヤニの臭いが消えれば何かいい出会いでもあるのだろうか、とバカみたいなことを考えながらうがいをした。

着替えてから散歩するつもりで二階から下りていくと、登校する娘が靴を履いているところだった。何となくつまらなそうな表情をしている。どうかしたのか、と訊くと敷居に佇んでいた家人が「ズボンは男の子みたいだから穿きたくないというの」と白い頬を娘の背中に向けて言った。

「今日は立冬だし、スカートは寒いからといって無理にズボンを穿かせたんだけど、まだぐずっているの」

母の言葉を聞いて娘はうらめしげに振り返った。それから靴の踵で床石を叩いて立ち上がった。

「そうか、もう立冬か。秋じゃなかったのか」

「テレビで立冬だといっていたわ」

娘が玄関のドアを開けて外に出たので、私も下駄を履いて娘に続いた。娘は俯いて歩いている。そういえば娘とふたりだけで外を歩くのは初めてのことだなと気がついた。

「奈美はもうすぐ誕生日だったな」

「もうすぎた」

腹に軽いボディブローがきた。

「そうか、もう過ぎたのか」

「うん、すぎた」

「いくつになったんだ」

「はっさい」

自主製作で映画を撮っていたのはこの子がまだ三歳になる前のことだった。映画のスタッフ十八人と共に、八王子のインターチェンジを出たところで家人が車を運転してくるのを待っていた。その日、小淵沢（こぶちさわ）の乗馬場で撮影するために緊急の現金が入りようになった。いらいらしていた私は指定した時刻より遅れてやってきた家人をマイクロバスから顔を覗かせているスタッフの見ている前で叩いた。車はその場で中古車センターに引き取られた。何も知らない娘は家人に手を引かれておぼつかない足取りで左に緩く曲がっていく上り坂を歩いて帰った。寒い日だったのにその後ろ姿が陽炎の中に溶け込んでいくように見えた。

「奈美はいつでもひとりで学校に行くのか？」

「いつもはともだちといっしょ」

「今日はどうしたんだ？　友達は来ないのか」

家から出て一軒隣の家の角を左に曲がり、さらに二軒行って右に曲がるとすぐに車の往来の多い広い通りに出る。娘と私はだらだらと続く長い下りの坂道をガードレールの内側を通って肩をすぼめて歩いた。娘の吐く白い息が大気に溶け込んでいく。坂の下の信号を渡れば小学校はすぐ先にある。上級生の男子ふたりが私たちを走って追い抜いていった。

娘は俯いたままだった。

「友達と喧嘩でもしたのか」

頭を左右に振った。

「いじめられたのか」

「ううん」と言ってから娘はこわごわ黒い小さな瞳でこちらを見上げた。視線が合うと怯えたように下に顔を落とした。自主製作した映画の宣伝のために四年前は随分テレビに出た。手っ取り早く借金を返済できると計算して、映画の上映がわずか二週間で打ち切られた後も、クイズ番組のレギュラーとなってゴールデンタイムに出演し続けた。思惑は当たって予定より早く映画製作でつくった七千万円近い借金は返せそうだったが、その代償もまた大きかった。テレビに顔をさらすことで隠密行動ができなくなり、一般の人からは小説も書くタレントとして物珍しげに見られるようになった。作家とタレントの区別ができないのではなく、テレビに映る人はみんな向こう側の人だという大雑把な価値観でひとくくりにしてしまう習慣が、ワイドショー中毒になった井戸端派にはついているのだ。特別な人だと見る人もいることはいるのだが、それは尊敬や敬愛とはほど遠い思いであり、むしろ蔑視混じりの嫉妬に近いものだった。そのため家族にはいやな思いをさせているのではないかと危惧していた。しかし、庶民とはそういうものなのだ。幸せそうな家族を見て理由もなく不公平だと憤りを持つ人はいても、明日への希望を持つ人など皆無だからだ。そして、その感情に対しては知らん顔をするしかなかった。だが、毎日学校で友達と顔を合わせる娘にはまったく異質な仕打ちがくだされることもある。

「パパ、ひとをころしたの？」

えっ、と咄嗟に聞き返した。声が掠れた。

「そんなことをするわけがない。そんなことを奈美にいう人がいたのか」

小さな頭を左右に振ると、赤いランドセルが細い背中で揺れた。いやいやをしているようだった。

「テレビで……」

「えっ？」

「テレビでそうパパがしゃべっていたって」

「あれは、そういう本を書いたと話したんだ」

「だけど、ひとをころすはなしをしょうせつでかくのはよくないって。まねする人がいるから、だめだって」

それは子供の意見とは思えなかった。親が子供に吹き込み、それを奈美の耳に入るように仕向けたのだろう。ここは注意して話をする必要があると思った。

「人を殺す小説は書かない、とパパはテレビでいったんだ」

バイパスの信号を見上げて言った。そこには信号待ちをしている子供たちが数名いて、私の言葉を聞きとがめてびっくりして振り仰いだ。

「パパはね、『新・殺しのテクニック』、という小説を書いたんだ。だけどそれは人殺しの出てくるテレビドラマばかりが氾濫しているから、ひとつ人が誰も死なない小説を書いてみようと思ったからなんだ。テレビを見ていた人は小説を読まずに勝手に間違った解釈をして子供に話したんだよ。その子の親はバカなんだね」

「だけど……」

娘は言い澱んでいた。信号が青に変わり子供たちは走って飛び出していった。横断歩道を渡り終えるまで娘と私は無言で歩いた。

「パパは人を殺す小説なんか書いていない。そう友達にはっきりいうんだ」

頷いた娘は視界に映っている小学校の校舎を見上げた。私はそちらには行かずに、バイパスに沿った歩道に足を向けた。だけど、と足踏みをしていた娘が呟いた。

「せんせいがそういったの」

「奈美のクラスの担任か？」

こっくりと頷いた。

「ひとをころすしょうせつはよくないって」

娘の頬がしろく歪んだ。身体中が暴発しそうになった。噴き上がってくる憤怒をそっと抑えて娘の髪に手を置いた。

「そんな話はパパは書いていない。それと人を殺す話がテレビや小説で出てくるのは、そういう話を大人が心待ちにしているからなんだ。だが、バカな先生にはいっても無駄だ。あ、この人は偽善者なんだなと思っていればいい」

「ぎぜんしゃ？」

「そう、偽善者だ。さあ、もう行くんだ」

娘は傾げた首を縦に戻してゆるやかな坂道を小走りに小学校まで向かっていった。赤いランドセルが元気よく跳びはねた。娘の背中はその大きなランドセルに隠れてしまった。

後ろ姿を見送りながら、下腹に鼓動のような鈍痛が響くのを感じていた。何食わぬ顔をしているが、この男は酷いやつだった。過去に一度、芽生え始めた子宮内組織を抹殺している。心身ともに傷ついた女は去り、闇の中に葬られた生命は、憤怒を隠そうともせず空中に浮いている。

5

家に戻り冷水を一杯飲んでから二階にあがった。書斎で原稿用紙を前に朝食代わりのハイライトに火をつけた。紫煙が達観した雰囲気で天井にのぼっていく。煙草を吸うのは書く前の儀式だった。ことに新聞小説の書き出しとなると、煙草を味わう余裕が失せて観客など誰もいないのに緊張で身体がいっぺんに筋張る。気が遠くなる。

新聞小説を書くのは五度目のことだったが、今回は正念場になるという意識があった。自主製作した映画の借金を返済するために小説だけでなく、原稿料のいい劇画の原作をかなりの数こなした。すると恐ろしいほどの金額が毎週押しくら饅頭するみたいに銀行に振り込まれてきた。テレビ出演のギャラなどは遠くに霞んだほどだった。その代償は文芸誌の世界から白眼視されることで表れた。原稿依頼も少なくなった。締め切り日に間に合わないことが何度か続いたことへの版元からの処置で自業自得だった。楠三十郎は金に魂を売ったと言われた。その通りなので反論はしなかった。それだけに今回の新聞小説の依頼には意表をつかれた。喜びより恐怖の方が大きかった。数週間酒場のカウンターにへばりついていた。家には戻らず、赤坂のホテルに泊まって都会の夜景を眺めながらウイスキーを呑んだ。ホテル代がなくなると笹塚にある仕事場に泊まった。家の書斎に入るときは、原稿用紙に小説を書くときだと決めていた。だから逃れる必要があった。

今朝、曙に滲む空を目に入れたときから、そして、二度目に起きて庭の木にとまる橙色と黒の色を持つ小鳥を見たときから、書き出すのは今日だろうという予感があった。

私はペンをとり原稿用紙に最初の文字を書いた。それまでの新聞小説では一回分の三枚を毎日日課のようにして書いていて、それが終わると何か一日の大事が終わったような気になって大いに解放感を味わったものだったが、それは依頼された仕事をただこなしているという印象から自分自身免れることができなかった。いつのまにか原稿を執筆することが義務のようになっていたのだ。それに気付いて傲然とすることがあっても、ただちに気を入れ換えることができなかった。

——これは書き下ろしのつもりで書く。

そう決めていた。毎回三枚にこだわって書くのではなく、読者のことはいったん度外視して一回の枚数にこだわらずにペンのすすむがままに任せて書いてみようと思い立った。

タイトルを書いたあと、下書きなしで原稿用紙に筆を走らせた。

〝街はみずいろの光に溢れていた。

空に向かって高く伸びていく三角錐のビルディングは、冷気を乗せた光を受けてさらに誇り高い輝きを増した。

舗道の隅に佇んでぼんやりと顔を上げた旅人は、古色蒼然とした建物の上に忽然と突き出た氷山の装いに息を呑み、手を引かれた少年は刹那的な夢を見る。

この街に降り注ぐ光は聖女で、風は魔術師だ。〟

〝午前中、浩一の泊まっているホテルの玄関には陽が射さなかった。通りに出ると冷たさの上に憎しみをたたえた風が、影を引きずってぶつかってくる。浩一は少し背中を丸めて歩きながら、陰鬱に沈んだ通行人の顔をそっと眺めた。誰もが悲しげで苦しげだった。

だがその厳しい道は数十メートルで断ち切られ、クラクションと話し声と地下を走るケーブルの機械音に溢れた道がすぐに現れてくる。そこは丘の中腹だった。急勾配の坂に光は溢れ、刺々しかった風は光と交わると涼風となり小気味よく飛び回った。あえぎながら丘を登ってきた旅行客の一団は、平坦な道に佇み、ほんのひととき、気紛れな風の祝福を受ける。だが、坂道はこの通りを横断した所から、さらに厳しくなるのだった。

浩一は一日に二度か三度、ケーブルカーが傍を通るこの道をゆっくりと歩きながらダウンタウンに向かい、パブに入ってビールを一杯だけ呑み、公園のベンチに座ってあくびをし、陽の射す午後には横道に入って、何軒もある画廊を覗いた。冷やかしと目の保養のつもりだったのが、ピカソが四十六歳のときに描いた「わたしのアトリエ」の石版画を買ってしまったのは、この街に巣喰う魔女の息吹に当てられたせいなのだろう。

たとえ石版画といえ、ピカソの絵を購入する経済的余裕など浩一にはないはずなのだが、それを心地よいと感じさせてしまうのが、エキゾチック・サンフランシスコの魔力なのだ。〟

〝ラーメンが食いたいな。

きれいに照明を頭頂部に反射させた画商との交渉が成立したあとで、浩一の頭に最初に浮かんだ思いは日本を出て以来食べていないコシのある麵のことだった。ダウンタウンには寿司屋をはじめ日本料理店はうんざりするほどあるが、ほとんどの店は中国人か韓国人の経営で、一度だけ入った寿司屋ではメキシコ人が枡を長方形に区切った木箱の中にシャリを入れて仲間とげたげた笑っていた。キャッシャーの前では韓国人の主人が剣呑な目つきで客を舐めるようにみつめ回していた。浩一はビールを一本頼んだだけで席を立った。金を払おうとすると、主人が「どして、スシくわない」と聞いてきた。答える代わりに、どうして韓国人が寿司を喰わせているんだ、韓国料理をやればいいだろう、と言ってきっちり5ドル50セントを置いて店を出た。それで仕方なくフランス人が経営するホテルに戻って、オリーブ油の効いたウサギ肉を食べた。

だが、今日は絶対ラーメンでいこう。浩一はピカソに奮発したお祝いはやはりラーメンだと胸の内で呟きながらサター通りに向かった。〟

そこまで書いて胸が苦しくなって顔を上げた。生きているのだから執筆中も呼吸はしていたはずなのだが、ずっと海の底に踞って息を詰めていたような重さが胸に沈殿している。仕事机につっぷしていた上体を伸ばすと背骨から小枝を折ったような小気味いい音が響いた。背骨が喜んでいると思った。苦行から解放されて清々としているのだ。今朝はこれまでだな、と観念した。連載開始まではまだ三ヶ月の余裕がある。あてのない航海とはいえ、それでも舟の櫓を取ってこぎ出したのだから上出来じゃないかと自分を納得させた。

　時刻は丁度十二時になっていた。この時間は高速道路がすく時間帯だった。バッグに何冊かの本と雑誌を放り込んで食堂に降りた。食卓には総菜や卵焼き、湯豆腐、たらこ、鯖のみそ煮など数種類のおかずが並べられてある。メモ用紙には「お父さんの薬をとりに病院に行ってきます」と書かれてあった。みそ汁を温め直してから椅子に座り、昼食をとった。これで夜明けに呑んだビールのアルコールは霧散し、飲酒運転に引っかかることはないだろうと思った。

　食べ終わって食器をかたづけているとふらりと父が食堂に入ってきて、おお、まだいたのか、と寝ぼけた顔で言った。もっともこの頃はいつでも寝ぼけた顔でいるので、今起きたばかりなのか、それとも朝食後にうたた寝していたのか判別がつかない。数年前までの父は起き抜けに冬でも肌着一枚で庭に出て、オランウータン体操なる奇怪な腕振り運動をしていたので、食堂へはいつも動物園のボス猿のようにマダラ赤の顔をさらして入ってきていた。七十二歳のとき心筋梗塞に襲われて救急車で病院に運ばれてからは体操は控えるようになったようだ。あれから五年たつから葬儀のことなどそろそろ考えなくてはいけなくなった。

「もうすぐミズバシ君が来てくれることになっているんだ。八王子城まで運転してもらうんだ。色々と調べてみるとあんな山城にも埋もれた歴史があって掘り起こしてみるとなかなか面白いよ。君も行くか」

「いや、これから事務所に行くんだ。車を使うんならおれは電車で行くよ。お袋は？」

「もうとっくに出掛けた。昼に客と会う約束があるといっていた」

「もうやめた方がいいよ。階段の上り下りだけでも大変だろう。亀戸駅にはまだエスカレーターはないからな」

母は二週間ほど前に七十六歳になったはずだ。同僚と会っていると楽しいというのが生保の外交員をしている母の口癖だが、八王子から亀戸まで毎日往復三時間かけて通勤するのは体力的には無理だろう。いつだったか、飯田橋でプラットフォームと電車の間に挟まれて胸まで落ちたと話していたことがあった。

「ここまでスポーンと嵌ったのよ。まわりの人が驚いて引き上げてくれたの」

母は笑いながら両手を自分の胸元にあてて話していたが、家人とたまたま実家に来ていた姉は目を丸くしてびっくりしていた。聞いていた父は母に合わせてげたげたと笑っていた。最初の夫の実弟にあたる男に対して、母はずっと寛容だった。

駅まで歩く途中で身体に侵入してきた冷気が何度か胃の底を打ってきた。それを心地よいと感じたのは、たとえ三枚といえども新しい小説を書き出すことができたからだろうと察しがついた。三十九歳の男が二十六歳の足取りで歩いているようだった。

6

「『テレビ麻布』のプロデューサーという方からお電話です」

このふた月の間に大分痩せてきた秘書Aが、青白い顔を二階の部屋のドアをそっと開いて覗かせた。思わず舌打ちをしたのは、執筆中は誰からであっても決して取り継がないようにきつく申し渡しておいたのに、それをあっさりと破ってしまう秘書の無神経さを呪ってのことだった。婚約していた服飾デザイナーが突然実家の寺に戻って僧侶になると言い出したのは九月に入ってからだと聞いている。どうもそのあたりから彼女は浮かない顔をしていることが多くなり、事務所の仕事も散漫になりがちになった。

「あたし、お化けが嫌いなんです」

と小料理屋「山麓」で呟いていたことがあったが、何を言い出したのか全然見当のつかなかった私は、「まあ、あまりうまそうじゃないからな」とこれまた見当はずれの受け答えをしたようだった。そのときは彼女の婚約者が僧侶への転職を決意したという話など知らなかったし、私はもういくつ寝ると借金が返済できるのだろうかと毎月の収入とそれにかかる税金と、家族の生活費と大切な飲み代と残された命の年月などをごった煮にして計算するのに忙しくて、彼女の話など上の空で聞いていた。彼女が楠事務所の仕事に急激に興味を失っていったのはあの頃からではなかったろうか。

「おい、仕事中だぜ。電話は取り継ぐなよ」

すみませんと秘書は呟いたようだった。

「それからテレビには出ないっていってもう何度もいっておいたはずだぜ。もしテレビ出演の話なら君から断っておいてくれ」

上体を後ろにひねったままの姿勢でそう叱責した。彼女はふくれっ面になった。

「そういったんですが、どうしても話がしたいといわれるんです」

「おい、いま原作をやっている最中なんだ。くだらないことに付き合っていられるか」

年末年始は両親と妻と八歳の娘を連れてハワイに行く予定をたてていた。娘と一週間も一緒に過ごすのは初めてのことで、そのためには年末までにやっておかなければならない仕事が信玄の槍軍団さながら尻を突き立ててきていた。それは彼女も充分に承知していることだった。テレビ局員にかかわりあっているときではなかった。彼らの無礼さとあらゆる分野に対する能力の低さと、プロデューサーに共通している下半身の無節操さにはここ数年ずっとあきれ返っていた。

「テレビには出ない。それでもぐだぐだいうようだったら黙って電話を切っちまえ」

そう言い捨てて身体を机の前に戻した。少しの間があって、それじゃあそうします、と呟きを残して秘書Aは階段を下っていった。

笹塚の事務所は二十七坪の敷地しかなかったが一応一軒家になっていた。地下に駐車場を強引に造ったため入庫のときは靴べらのように掘られた傾斜をケツからそっと下り降りる必要があった。一階は居間になっていて三人の秘書が仕事をするテーブルと椅子、それに打ち合わせ用のソファセットが別々に置いてある。私は大抵窓に沿って置かれたそのソファに寝そべっている。二階には寝室兼用の書斎と廊下を挟んで六畳の日本間がある。あまり気心の知れない客とはそこで話をする。日本間では私は正座をするので自然に相手も倣うことになり、長居することなく去っていってくれる。

事務所に来る前にはケダモノ相手の指揮者にでもなったように高揚しているのだが、いざ玄関のドアを開けて敷居に足をかけると、私は戦場に紛れ込んだ雑兵（ぞうひょう）のような心細さを覚えることがある。本来自分にはこんな血生臭い場所は向いていないのではないかと思えてしまうからだ。だが私はここでは戦士になる必要があった。戦場は手柄を立てる場所であり、その働きによってご褒美を受けることができるからだ。

五年前に胃を切って入院していた私は死ぬ前にどうしても撮りたい映画があることに気付いた。思い通りの映画をつくるには自主製作するほか道がなかった。覚悟をきめて全ての資金を自分で工面した。三千万円の預金をはたき、自宅を抵当に入れたが製作費はそれだけでは到底間に合わず、最終的に一億二千万円を超え、映画が上映された後に残されたのは年収を遥かに超えた借金だった。高い趣味についたなとあざ笑う人に限って投資も拒絶し、債権者になることなど考えるのもアホらしいという無味乾燥な人間であったので、その後の付き合いは疎遠になった。この事務所は私を信じてお金を貸してくれた人たちに返済するための仕事をするファクトリーだった。闇金の取り立て屋に言われるまでもなく、借りた金は返さなくてはならない。そのため羽根をむしって原稿を書いていた。ただ、「鶴の恩返し」を連想すると笑えた。私はここでは主に破格の原稿料をもたらしてくれる劇画週刊誌用に原作を生産していた。

尊大に振る舞うことがあったのは、ドームのように覆われた厚い殻を打ち破ってみたいという衝動があったせいだろう。あるいは、文学をしているときに感じる悪魔のような繊細さを打ち消して、原稿量産にむきになっている自分を見出していたからだろう。たままそこに現れた編集者はかんしゃくを封印して呻いている傲慢な作家を見て、単に金が貯まりやがったなと思ったかもしれない。私はいつのまにか文芸誌から締め出されていた。

文芸編集者の多くは劇画の原作者を見下している。理由は分からない。文芸誌の編集者は国立大学か有名私大の文学部を卒業した者で、劇画の編集者はもぐりで出版社に入社した者という偏見が彼ら自身にあるからだろう。実際にそういう者もいる。大手出版K社の無学歴の漫画編集者は同い歳のライバル編集者を密告戦術で蹴落とすと同時に上層部にうまく取り入り、公然と茶坊主に徹することでついに編集長の肩書きを得て、今や第三文芸局局長の椅子に最も近い男と言われている。その卑しい性格を重宝する重役もいるのである。

その茶坊主から私はある酒席で「楠さんは劇画の原作と小説のどちらに力を入れているのですか」と訊かれたことがある。私はその茶坊主が勝手にライバル視している優秀な編集者と仕事をしていたから茶坊主とはそれまで口を利いたこともなかった。それに学歴ではなく彼の下卑た人間性を軽蔑していた。それで黙っていた。すると再び訊いてきた。ホステスたちも静かに私の答えるのを待っていた。「つまらんことを訊くな」そう言ったが怒りは収まらなかった。私がフリーランスでいるのは、組織内で生き残るために他人を踏み台にしてのし上がった人間を上司と呼ぶ生活に我慢がならなかったからだ。それは通信社やテレビ局や、外資系の証券会社の営業マンとして働いているときでさえ痛いほど感じたことだ。「人を斬るのに竹刀（しない）と真剣を使い分けるような器用な真似はできない」私はそう言い捨てて尻のポケットから数枚の万札を抜き出して茶坊主のいるテーブルに投げ捨てて店を出た。随分あとになってそのとき席についていたホステスのひとりと深夜スナックで出会い、カッコよかったわとしなだれかかってこられたことがあったが、私はそのことがあってからの数週間というもの、万札の枚数を確かめてからテーブルに放り出せばよかった、と自責の念にかられていたのである。その数万円がないために通販で購入した腰痛防止用のマッサージ機の代金が支払えず、何度か催促の電話を受けたものだった。

階下に行った秘書Aが再び二階に上がってきたとき、私はゴルフ劇画「ドクター・タイフーン」の九枚目を書いていた。あと二枚半で一話が終わる。タイフーンの賭けゴルフの相手の女子プロゴルファーが恐ろしく美人でかつ妖艶であったため、集中力を失ったタイフーンはまだ3ホール残しているというのにすでにドーミーホールを迎えるという窮地に陥っていた。

――16番ホールのティーグラウンドに佇んだナンシーはタイフーンを振り返って笑った。

『このホールを分けたらあたしの勝ちね。あなたには地獄が待っているわ』。タイフーンはすでにしぼんで負け犬の目になっている。タイフーンのスポンサーは『5億円の賭けだぞ。負けたら確実に殺すぞ』と呟いている。ティーグラウンドの傍らには女子プロサイドの金満の達磨男が葉巻をふかしてタイフーンをあざ笑っている。その傍らには殺し屋ふうの男が肩をいからせて待機している。

(最早、これまでだ) とタイフーンは思う。逆さ吊りにされる自分自身を想像したからである。タイフーンは作り笑いを浮かべてアドレスに入ったナンシーに声をかける。

『あ、もしもし、そこのべっぴんのネーチャン』

と言って振り仰いだナンシーの腰のあたりに手を伸ばす。その仙骨の中心部にツボがある。

『ここに毒虫が』

そう言ってタイフーンは指先で軽くツボを弾く。

『なにがべっぴんネーチャンなのよ、このスケベ……あれ?』

ナンシーの身体がヨレッと傾く。どうしたことか、彼女は自らミニスカートの裾を上げ出す。ふとももが剝き出しになり、真っ白いパンティが露わになる。

それを目にした達磨男の目玉が蛙の腹のようにふくれあがる。殺し屋はさらに激しく目玉を突起させる。舌が渦巻いている。

『なに、どうして、あたしヘンよ、どうなっているの』

タイフーンはすまして呟く。

『大風流合気武道、秘技スカートまくり』

『上出来』

とタイフーンのスポンサーはにんまりとしている。——


ゴンゴンとドアが叩かれた。高い音が壁のあちこちに当たって私の耳になだれ込んできた。びっくりした。原稿用紙の文字が乱れ、全ての画像が破裂した。

「あのう、プロデューサーの方がどうしても挨拶に伺いたいといっているのですが……」

有名デザイナーの妻という晴れやかな座から貧乏寺の庭掃きおばさんという座に転げ落ちる秘書Aは怯えきった表情でそう言った。

「無理だといっただろ。邪魔しないでくれ」

返事が途絶えたので後ろを向くと、秘書Aはまだ半開きのドアの前でもじもじしている。

「何だ、どうした？　今佳境に来ているんだぞ」

「あのう……それが……」

「何だあ！」

一気に頭の中が沸騰し、瞬間的に一番古手の秘書の名前を忘れた。

「もう、事務所の前に来ていらっしゃるのです」

「何だって、そんな無礼な話があるか。カードローンの取り立て屋だってそんな闇討ちはやらんぞ。えーと、君の名前は？」

「は？」

秘書Aは青白い顔にぼやけた霞を漂わせた。

「土橋、ですけど……」

「土橋、泣け！　そいつらの前で泣け。わたし、殺されてしまいますといって泣いてしまえ」

返事はなかったが、ドアがそっと閉じられる様子は窺えた。私はたちどころに「ドクター・タイフーン」の世界に戻り、彼が女子プロゴルファーから膝蹴りを食い、鋲のついたゴルフシューズでさんざんに踏みつけられる場面を書いた。シーンが変わると、顔中、鋲で穴ぼこだらけになった顔を鏡に映して悶絶しているヘンタイ気味のタイフーンが現れた。

さらに二十分ほど書き続けると十二枚の原作原稿が書き上がった。年末までにあと六本の原作を書けばF社の仕事からは来年の一月九日まで解放される。私は立ち上がり階下に降りて、東洋英和卒業のおっとり秘書Bにできあがった原稿をワープロで打ち直すように指示してから、冷蔵庫を開けて瓶ビールを一本取り出した。ひとつ仕事を終えるとビールをたしなむのが私の儀式になっていた。呑んでいると次の原稿のアイディアが出ることもある。大抵は妄想だけが浮かんではかなく空中で小躍りして消えていく。今日はそれからまたひと眠りしてスポーツ新聞社に連載している六日分のギャンブルエッセイを十八枚書く予定でいた。

7

瓶ビールとグラスを持って居間に入ると、全然知らない男がふたり、土饅頭のような顔をしてソファに座っていた。事務所のテーブルを挟んで向かい合わせに座っていた秘書Aの土橋と自称秋田美人の秘書Cが、口を半開きにして当惑気味に私を振り仰いだ。眼鏡をかけた痩せた蛙顔の男がヨレッと立ち上がった。その瞬間、予定が中断されたのを知った。

「お忙しいと秘書の方からお伺いしましたが強引に上がり込んでしまいました。どうしてもお願いしたいことがありまして……私は『テレビ麻布』のプロデューサーをしております大口と申します。是非お見知りおきを」

大口と名乗った者はさっそく名刺を差し出してきたが、私はただ右手に持った瓶ビールが冷たくて重たいことに腹が立ってきていた。私は蛙顔の男を信用していない。統計的にも人にションベンをひっかけてもそれは養命水ですと平気で言える人種が多数を占めているという。それでぶっ立ったまま憮然としていた。

「ディレクターの谷本です。『テレビ麻布』開局三十周年記念のドキュメンタリー番組を撮る者です。それで先生にレポーターの役をお引き受け願えないかと思いまして、あの、来ました」

身長が185センチはあろうと思われるガタイのでかい男は立ち上がってひょいと頭を下げた。こいつはディレクターなどではなく、どこかタガのはずれた山男なのではないかと私は思った。秘書A&Cがいるテーブルに瓶ビールをまず置き、ペン立ての中に隠れている栓抜きを引き出して瓶ビールの栓を抜いた。元バタフライの選手だった秋田美人がそっと瓶ビールを持ち上げてグラスに注いでくれた。私はグラスに口をつけた。いったい何の番組のレポーターだというのだろう、そもそも作家をレポーターに使う特別なドキュメンタリー番組などあるのだろうか。それは受信料拒否の視聴者増大に喘ぐNHKが、ちょいとばかり番組の格付けを上げるため苦し紛れに使う手のはずだった。

「楠です。秘書がお断りしたと思うのですが、どんな番組であろうともうぼくはテレビには出ないと決めているのです。番組の主旨は説明しなくて結構です。せっかく来て頂いたのに申し訳ないのですが、どうぞお引き取りになって下さい」

ビールが咽を通ったのを確認してそう言った。大口氏がしぼんだ顔で目をしょぼしょぼとさせた。

「あの、それは何か特別な理由でも……」

「私たちは万全の態勢で臨みますので何なりとおっしゃって下さい」

中腰になったふたりは困惑気味に言った。「図々しくて無責任なんだよ、てめえらテレビマンは」と胸の内では不機嫌な返答が用意されていたが、今年から紳士然として立ち振る舞うことに決めていたのと、谷本の図体がめざわりでもあったので、ちょっと迷った末に、「お誘いを受けるのは嬉しいのですが」と思いとは反対の言葉を口にしていた。ふたりはくつろいだようになって座り直した。サイドテーブルにはコーヒーカップが置かれている。善良な人間ぶるというのは債権者をたくさんかかえている者にとっては苦痛だった。

「テレビ出演をやめた理由は色々ありますが、要するに時間を束縛されることとエネルギーが吸収されることがいやなんです。代償が大きすぎるんです」

私は立ったまま言った。

「それは『テレビジャポン』でクイズ番組のレギュラー解答者をしていたからですか？」

大口氏が用心深げに眼鏡の中の目玉を向けてきた。いや、個々の番組のことではないんです、と私は呟いた。「テレビジャポン」ではいやな思いは一度もしなかった。視聴率が悪くなったため、私が分かっている解答を故意に間違えてあるベテラン女優に華をもたせるように要請されたときでさえ愉快に感じたほどだった。疲れるのはエネルギーの放出が一方通行であり、こちら側が吸収できることは何もなかったからだった。

「何のレポーターだか知りませんが、ともかくぼくはテレビ出演はお断りします。ですからもうお話をお伺いする気……」

「あ、南極です」

「あ?」

「すみません。電話で申し上げるべきか迷ったんですが、大事なことなので直接お話しさせて頂いた方がいいと判断しまして。南極観測三十周年と『テレビ麻布』開局三十周年記念を併せて、南極の空路開拓飛行を企画しているんです」

「あ?」

「南極といえば楠先生です。行かれましたよね七年前に」

「あ、行った……」

「そのときお乗りになった船は座礁しましたよね」

「うん、海底氷山にぶつかって……タイタニックの二の舞になるところでした……」

氷海の恐ろしさの一端を味わうことができたが、私たちを乗せた4700トンの木の葉のような観光船は南極半島の入り口に位置するキングジョージ島付近を周航しただけで、船をチャーターした米国の映画会社のスタッフもたまたま乗り合わせた乗客も全ての荷物を放り出し、先を競って救助にやってきたチリの軍艦にへばりついたのである。私は旅行雑誌に記事を書く予定で乗り込んだのだが執筆は不可能になった。だが、私がショックだったのは原稿料をもらいそこなったことなんかではなかった。半島ではなく南極本島に到達できなかった悔しさは多分一時的に私を奈落の底に突き落としたのだ。人生の逃げ場を失った思いだった。南極の氷に寝そべって沈まぬ夏の太陽を眺めるのが夢だった。そこで凍てついた空気の下、心のキャンバスに氷山を描いてみたいと希求していた。だが怒濤のような人々の欲求に翻弄され続けた私は二年後に氷山を描く代わりに胃の四分の三を摘出する手術を受けた。

「そこなんです！」

谷本はいきなり吠えると、ごつい上体をぐいぐいと伸ばしてきた。凹凸のあるいかつい顔だった。巨大なトカゲに迫られているような気がした。

「今度は飛行機で南極を横断するんです。一万八千キロの旅です。カナダ人のパイロットふたりを含めて総勢九名です。隊長は村川雅義さんです。第三次越冬隊長で第五次観測隊の隊長をされた方です。二十年前には第九次越冬隊長として日本人として初めて南極点に到達された方で、これまで十回以上南極に行っておられます。村川さんほど隊長にふさわしい方はおられません。とにかく今まで日本の観測隊が飛行機で昭和基地まで行った例はありません。是非、我々と一緒に参加して下さい。『テレビ麻布』としましては楠三十郎さんの南極にかける情熱と気力にかけているのです」

演説を終えると谷本はホッとしたように背中を縮めて座り直した。芝居がかっていたが、何だか許せた。

「テーマは『愛し合う、ヒトと自然』です。谷本の言う通り、南極空路開拓は日本では我々が初めての試みです。現在は『しらせ』が三代目観測船として頑張ってますが、有能な研究者を半年間も船に閉じこめておくのは実に時間の浪費です。国は表だって援助はできないという方針ですが、『麻布新聞』と『テレビ麻布』がやるのならと文部省が後援してくれます。今までにないスケールの大きさでやるスペシャル番組ですので、南極上空を飛んで昭和基地をめざすA班と南極半島の自然を取材するB班のふた班に分かれて取材します。B班のレポーターは女優の泉小百合さんです。あとは空路のA班のレポーターを楠先生にお受け願えれば全ては万全に運ぶことになります。是非お願いします」

大口氏はそう言ってから片側の唇をへの字に曲げた。何故かにやりと笑ったように見えた。にやりとする場面ではなかろうと思った私は、わざとらしく首を左右に振った。同じ話をどこかで耳にした覚えがあった。はっきりと思い出せないでいたのは、近所にあるヤキトリ屋で煙草の煙にいぶされながら、ここには霞がたなびいていると思うほど酔っぱらっていたからだ。ただ横にいた人がある作家の名前を持ち出して、「彼は南極を飛行機で横断するんだ」と言ったとき、ちくしょうめ、先を越されたと悔しさが湧き起こったことを覚えている。

「南極は魅力ですが、無理ですね。仕事が三年先まで詰まっているのです」

それに借金返済計画に狂いが生じる。

「何とかお願いできませんか。楠先生しかこんなことをお願いできる方はいないのです。そのヘンのチンピラタレントができることではありません。こちらではできるだけのことは致します。『麻布新聞』も百周年記念ということで、最初の記事はどうしても元旦に掲載したいそうです。みずほ基地からの発信になりますから、逆算すると日本出発は十二月十三日になってしまいます」

「するとあとひと月しかないじゃないですか」

「三十五日です」

ですが、と口を開いた谷本は腹を据える覚悟を決めたのか私を睨みつけてきた。

「十三日は我々スタッフが出発する日です。先生は後発組の十七日で結構です。チリのプンタアレナスに二十日までに着いて頂き、そこでまず撮影をします」

大口氏がここぞとばかりに腰を前にずらしてきた。

「何度も申しますがこの企画はレポーターに楠先生を起用することが何より前提なんです。もし先生に断られたらあとはお願いできる方はおりません」

私はふたりの秘書が座っている小さめの椅子のひとつに腰を下ろして彼らに目を向けた。バカにするのもいい加減にしろと思った。それほど大がかりなドキュメンタリー番組のレポーター役に対して、直前になって出演交渉してくる間の抜けたプロデューサーなどいるはずがない。

「まず企画書を見せて下さい」

真剣な眼差しの中に薄笑いめいたものを浮かべていた大口氏は、突然あわてふためいた。

「ああ、すみません、ここには持ってきていないんです」

「出演を頼みに来ておいて企画書を持ってこなかったんですか？」

これは「どっきりカメラ」なのではないか、一瞬そんなバカげた考えが頭を掠めた。

「ぼくはＣＸでアシスタントディレクターをしていたことがあるんですよ、ご存じでしたか？」

　驚いた顔をしてふたりは見合った。

「これだけの記念番組でレポーターが出発のひと月前になっても決まっていないのは絶対にありえないことです。最近誰かに突然キャンセルされたんじゃないんですか」

　私はにやりとしていたようだ。先日ヤキトリ屋で耳にした会話が安酒と紫煙の合間を縫って鮮明に思い出されてきたのである。

「すみません、正直に申し上げます。実は椎乃木誠さんにお願いして了解も受けていたのですが、一昨日になって急に行けなくなったと連絡を頂きまして……すみません、先生を騙すつもりなどなかったのですが」

「でもあいつなら南極という餌をぶら下げれば簡単にノッテくると」

「はい。……いえ、そういうことではなく、こちらでは困り果ててにっちもさっちも行かなくなりまして」

　暖房機の風を斜め上からまともに受けた大口氏は汗をかきだしていた。

「椎乃木誠さんというと国分寺だかの古本屋の婆ぁを殺した人ですね」

「いえ、殺してはいません」

「冒険家ですよね、無人島に行って恐竜と闘ったりしているそうじゃないですか」

「恐竜はないんじゃないんですか。多分椎乃木教のファンの方が勝手に言っていることだと思いますが」

「あの人と南極飛行は似合っていますね。うんこが太そうだし」

「……とにかく突然キャンセルされて困り果てています。パタゴニアに行って以来ペンギンに取り憑かれたとおっしゃっておられたのに……」

サラリーマンプロデューサーは心底困り果てているように見えた。しかし私の結論は最初から出ていた。南極に行くのは不可能だった。

「やはり無理ですね。それにぼくではとても椎乃木さんの代わりはつとまりませんよ」

南極、と谷本が口にしたときから、それは自分にとっては悪魔の囁きだと恐れていた私は、何としてもこの苦境を乗り越えて、せめて楠一家で一週間だけでもハワイ休暇を楽しもうと自分に言い聞かせていた。南極になど行こうものならその後三年間は牢獄に繋がれて執筆することになるだろうし、ようやく信頼を回復し出した家族をも裏切ることになる。

「それにぼくをレポーターに使うと知ったらスポーツ局の局長が頭から湯気を出して怒りますよ」

「スポーツ局の局長って、樺山のことですか？」

「名前は忘れたけど、長嶋茂雄さんと同期だということを自慢にしている人です」

「あいつかあ」

「全英オープンで初めて会ったときは、何の利害もないのにいじわるばかりされましたよ。『テレビ麻布』のキャンプで飯を食おうとしていたら、あんたの分はないと怒鳴られたりね。まるでだだっ子だった。元は『麻布新聞』の福岡支局長をしていたらしいけど、とにかく下卑た人だったですね。この番組にスポーツ局も関係あるんでしょ」

大口氏は頷いた。今度はにやりとはしなかった。奥歯を嚙みしめるように、関係はありますが、樺山には関係ないですねと言った。

「死にましたよ、この間。だから関係ないんです。今度も『麻布新聞』の記者がふたり同行しますが、親会社風を吹かすヘンなやつらだったら飛行機から突き落としてもらって結構です。実は私にも刺したいやつが何人かいるんです。今度の企画はあくまでも『テレビ麻布』三十周年記念番組なんですから。椎乃木さんのことを黙っていたことはお詫びします。楠先生、何としてもレポーター、お願いしますよ」

「『麻布新聞』の記者を飛行機から突き落としてもいいんですね」

「結構です」

数秒考えてから私は言った。

「そろそろ暗くなってきたな。近くに行って一杯やりましょう」

数秒たってから返事をしたのは、考えをまとめていたわけではなく、スポーツ局長の訃報に頑固な便秘が治ったような爽快感を抱いたことと、気に入らなければ麻布新聞の記者を殺してもいいというハッタリに好感が持てたこと、それに外が暮れると燗酒が恋しくなる習性が私にはあったからだ。

先に外に出ると暗い中から小気味よい冷気が吹き下ろしてきた。私は先に立って地元の小料理屋「山麓」めざして歩き出した。そのときには今朝寝室から震えて見つめていた夜と昇りかける太陽の緊迫した戦いも、鳥のさえずりも、小説の中に出現したサンフランシスコの三角錐の巨大な建物とその背景に広がる冷え冷えとした水色の空も、すでに南極の氷山の中に密閉されかかっていたのだと思う。

8

サンチャゴは三十六度の暑さであった。南半球の十二月は真夏だった。ロス・アンジェルスを出発したのが十七日の深夜十一時二十分。色黒で相撲取りもたじたじするような腹の突き出た男ふたりに挟まれた私は、まったく身じろぎもできないまま、十四時間、エコノミークラスの席に縛り付けられていた。長くて苦しいフライトだった。予算が乏しいと嘆いていた「テレビ麻布」のプロデューサーは今頃銀座でホステスの胸に手を入れながら前祝いをしている頃だろうと、怠惰に堕したデブどもの強い臭気に耐え、小便を我慢しながら何度となく呪った。

　着いたところは、ちんけで殺風景な空港であった。まっすぐに伸びきらない足でようやくタラップを降りると、でこぼこのコンクリートの舗道の上を歩かされた。午後四時半の夕風は茹(う)だった蒸気となって顔に吹き付けてきた。目に入る青く深い空がやたらにすずしげだった。30メートルほど進むと、田舎の駅の改札口のような税関が出てきた。やる気のなさそうな腹デブがいい加減に開いたパスポートの空欄にペタンコを押した。麻薬の売人ですら警戒されずに入国できそうだった。そういえば、航空機は途中何ヶ所か経由したが、コロンビアだかグァテマラだかの空港で日本人らしき中年男がひとりだけ降りていった。暑い日差しの中をショルダーバッグを肩から下げて、とぼとぼとバラック小屋のような空港建物に向かって歩いていったが、あの冴えないオッサンは日本から麻薬を買い付けにきた派遣流通マンだったのかもしれない。

　税関を抜けて平べったい建物の空港ロビーに出たあたりに「テレビ麻布」の撮影隊のスタッフらしい者の姿は見えなかった。

――サンチャゴでは二泊する予定なのですが、まだ宿泊するホテルが決まっていないのです。撮影スタッフはペンション泊まりになるかもしれませんが、先生にはちゃんとしたホテルをご用意しておきます。サンチャゴの空港へはスタッフを迎えに行かせますから。

そう大口氏は出発前の空港で大事なことをさり気なく言っていたのである。見送りに来たおっとり秘書Bが、怪しむ様子で大口氏を横目で見ていたのが印象的だった。

もしかしたら手に迎えのボードを持って現地人が待っているかもしれないと思ってスペイン語の飛び交う空港内を見渡したが、señor・Kusunokiとも楠三十郎大先生とも書かれたボードを持っている者は見あたらない。結局、一時間近く空港ロビーの片隅にぶっ立っていたが、ついに迎えの者は来ないと判断してタクシー乗り場に向かった。破れた麦わら帽子を被った訳の分からない連中が次々に現れて、早口で何事か言い出した。取りあわずにいるとひとりの筋肉質のすばしこいやつが隙を見て私のショルダーバッグを取って小型トラックの方に駆けだした。片足をトラックの荷台にかけたところで追いつき、引きはがそうとしたが敵は荷台にしぶとくしがみついている。運転席からもうひとり男が出てくるのを横目でとらえながら、たまたま半ズボンから半分剝き出しになった盗賊の急所を力の限り握りつぶした。握力38キロの圧迫を受けた盗賊は絶望的な悲鳴を上げて路上に背中を打ちつけた。運転手は両手を上げてウァウウァウと喚いている。銃で撃たれるとでも勘違いしたのだろう。群衆が遠巻きに私を指さして何事か叫んだ。私は頭の中で必死にスペイン語辞書をひっくり返して当てずっぽうに大声を出した。「エル　ラドロン（泥棒だ）！」。アラン・ドロンからの連想だった。それが見事に決まったようで、取り巻いていた連中から「ウアオー」と喚声が吐かれた。

停車していたタクシーに乗ると、栄養失調気味の痩せ細った運転手が何か言った。スペイン語の単語は適当に発することはできても、聞き取ることはまるでできないという情けない事実にそのとき気付いた。

「ホテルへ行ってくれ（キエロ　イル　ア　ラ　オテル）」と言うと運転手は後ろを向いて何か訊き返した。そのとき大口氏からホテル名を聞かされていなかったことを思い出した。いや、出発寸前までどこに泊まるかさえ決まっていなかったのだ。私はいささかやけっぱちになった。タクシー代は大口氏に払わせてやろうと腹を立てながら、「分からん」と日本語で怒鳴った。運転手はギョッとしたようだった。

「ハポネス、トウリスタ。何でもいいから、日本人がうじゃうじゃ泊まっているホテルを探してくれ」

タクシーは走り出し、黄塵の舞う畑や乏しい牧草を食むあばら骨の浮いた牛がたむろする放牧場をいくつか通り過ぎてサンチャゴ市街に入った。五分とたたない内に小さなホテルの玄関先で機材を車から降ろしているスタッフを見つけたのは奇跡としか思えなかった。

9

スタッフはタクシーから降りてきた私を見てまるで悪びれずに「ども」と言ってにっこりとした。日焼けした顔に白い歯が映えた。初めて見るスタッフだったのは、出発前の壮行会を兼ねた顔合わせを予算節減のため大口氏が一切省いたためだった。A班の隊長である村川雅義氏と麻布新聞の記者二名、それにカメラマンの後藤泰治郎氏と会ったのは出発の一週間前のことであり、それもそこいらヘンにあるスナックのような喫茶店のような要するに安いだけが取り柄のどうでもよい店で顔合わせをしただけだったのである。その折ビールを呑みながら感じたことは、隊長の村川氏が私より三十歳も年上ながら素晴らしいスタミナと魅力的な人間性をひそめた人物であるということと、麻布新聞の記者、志波原が田舎のヤクザの末裔のごときふてぶてしい態度でこちらに接してきたことである。挨拶をすませた二秒後に、「楠さんの偏差値はいくつですか。あ、まだ偏差値はなかった時代だったですかな。私のＩＱは１１９です。大学は東京の教養です。楠さんはワセダ中退でしたっけ」と顎を振りながら訊いてきたのである。私は「中退ではなく抹籍です」とだけ言って席に戻ったが、「肌が合わないやつだ」という後味の悪さは出発間際まで続いていた。今またぶり返したのは、ホテルの玄関で志波原らしき小太りな人影が横切るのを見たせいだった。人を見下す冷笑が顔に張り付いていた。十二年前にも韓国で同じように人を蔑んで見る癖のある記者がいた。

タクシーの運転手から領収書はもらえなかったため、この分は自腹ですまされてしまうだろうと覚悟を決めた。そのときホテルの奥からディレクターの谷本が出てきて、よくこのホテルが見つけられましたねとも言わず、ねぎらいの言葉も省いて、「ども」とだけ言った。それからそこいらに積まれた荷物の中から青いリボンのついたずだ袋を引き出して、

「これがこちらで用意した楠さんの分です、アノラックは楠さんと村川隊長の分は目立つように黄色にしました。他のスタッフは青です。荷物をすぐに整理してもらえますか」と言った。

袋の紐を何となく開くと最初に目についたのはアノラックではなく、赤い毛糸で編まれた手袋だった。随分小さいもので何故子供用の手袋が入っているのかと不思議に思った。ずだ袋から引き出すと、そこにはまだ値札がつけられていた。「280円」とあった。

「これもぼくのですか」

「ああ、手袋ですね。そうです、楠さんのです」

「これひとつですか」

「ええ、そうです」

谷本は他の荷物を開くのに忙しそうだった。話がある、と私は言った。彼らは数日前から着いてプンタアレナスから南極に向けて飛行機に乗り込むための準備をしていたかもしれないが、私はさんざんサンチャゴ空港で待ちぼうけを食わされた末、ようやくホテルを探し当てたばかりなのだ。荷物を整理する前にまずビールを一杯呑みたかった。咽は砂漠に投げ出された蛸壺のように渇ききっている。

図体がでかい上に動作の鈍い谷本を喫茶室に連れ出した私はまず、ビールを頼んだ。ウエイトレスが何か訊いてきたので、当てずっぽうで、何でもいい、と言うとすぐに小瓶のビールが出てきた。ラッパ呑みをするとぬるい液体が咽を流れた。あのね、と私はぼんやりとこちらを見ている谷本に言った。

「ぼくは今から日本に戻ろうかと考えているんです」

谷本はギョッとして目玉を大きく開いた。だがそれは一瞬のことですぐに日焼けした山男の顔には笑みが浮いた。私は二本目のビールを頼んだ。アッという間に一本を呑んでしまったので今度はウエイトレスが目を丸くしていた。コールド、セルベサ、ドス、と言って指を二本立てるとおかしそうに頷いた。

「冗談でいったのではないんです。あなたたちはぼくを随分ないがしろにしていますね」

少しばかり私の真剣味が相手にも伝わったのだろう。谷本はすぐに返事ができず、そんなことは、と言ったまま口を閉ざした。

「チリまで送り込んでしまえばもうこっちのものだと大口氏は思っているでしょうが、ところがどっこい、こんな仕打ちを受けるくらいならさっさと日本に戻ってし残した仕事をした方がいいと考えているんです」

一度粗末なテーブルに視線を据えて咽仏を動かしてから、「仕打ちなんてそんな」と谷本は力なく呟いた。思い当たることがあるのだろう。

「このひと月間、南極へ行くためにぼくがどれだけ仕事をしたか知っていますか」

いいえ、大変だったろうとは思いますが、と谷本は巨体を縮めて呟いた。それは思い返すだけでもおぞましい時間だった。帰国は一月の末だったので、最低でも六週間分の仕事をこなす必要があった。ホテルニューオータニにカンヅメになった私は週刊誌の連載小説を六回分、百四枚、週刊と隔週の劇画の原作各二十ページ分を七本分、文芸誌『純文学』へ八十二枚の小説、スポーツ新聞の連載エッセイを三十八回分、スピルバーグ監督の映画の翻訳、それに二月に出版する六百枚の長編小説の校正や株式相場展望をはじめ連載エッセイを十本近く仕上げたのである。指は石膏で固められたように硬くなり、血流がまったく感じられなくなったまま秘書B、Cが指図する迎えの車に乗って空港まで全ての血液を吸い取られた雄鶏のように無惨な姿になって向かった。衣服の準備も充分にしていなければ、両親、家人、娘とも別れの挨拶を交わすこともできないまま拉致されたことになる。時代小説や月刊小説誌に三月に一度載せている連作物、新聞小説の準備、その他の細かいエッセイも全部擲(なげう)って逃亡者のように日本を出てきたのである。今から日本に戻れば「氷海に落ちて死んじまえ」と罵声と共に送り出してくれた編集者からの信頼も取り戻せる。

「いや、ぼくの仕事に関することを君に説明しても仕方ない。ただ、今は指が腱鞘炎になって動かなくなっているんです。その上、凍傷にでもかかったらぼくは作家業をやめなくてはならないと思う」

「いや、まさかそんな」

苦笑いをした谷本に私は右手の親指を突き出して見せた。この通り、全然動かない、無理に動かそうとすると、激痛が身体中を走ると説明すると、さすがに真顔になって俯いた。私はウエイトレスが運んできた二本のビールのうち、冷えていそうなものを選んで左手に取った。呑んでみると、人肌のあたたかさのビールだった。全然感動しなかった。

「君も山男なら凍傷の恐ろしさは分かるだろう。とにかく危険この上ないのだ」

数ヶ月も指が使えなくなったり、ひどいことになると腕を切り落とすことさえある。デビッド・ルイスという頑丈なおじさんは、五十歳を過ぎて、独りでオーストラリアより南極海までヨットで航海するという快挙を十九年前に成し遂げたのであるが、彼は現在なおも当時こうむった凍傷に悩まされているのである。ヨットに侵入してきた冷たい海水を、十時間近く素手で掻き出した結果、気がついたときには手首から先の細胞は壊死してゾンビの指のようになっていたのである。

早稲田大学に留学している、ブラジル移民の娘からこんなことを聞いたことがある。彼女は父親のアンデス登頂を果たしたいという願いを叶えさせるため、せっせと地方のテレビ局のキャスターをしたり横浜にある大病院の院長のパートタイム愛人になったりして、ようやく百万円を貯めて父親に贈った。退職金をもらえず毎日溜め息ばかりついていた親父は孝行娘からの小遣いに跳び上がって喜んだ。妻にはブラジル料理の肉の串刺しをたらふく食べさせ、その上で念願のアンデス登頂を試みた。しかし猛吹雪に遭い、途中で遭難して登頂を断念するハメになった。下山して分かったのは凍傷のため右手の指四本がいつのまにかポキッと折れてしまっていたことだった。彼女は割合淡々と語っていたが、聞いていた私の方はその痛みが身に染みた。ポキッは困ると思った。

凍傷にかかるとゴルフができない。そうではなく、筆がとれない。世の中には口述筆記という器用な真似で原稿をモノにしてしまう人もいるが、私の場合は右手親指の第一関節にポイントがあり、そこを刺激することが創作の秘密なのである。頭の中で物語をつくるのではなく、親指に創造主が鎮座しており、脳を経由することなく指先から文章をつむぎ出してくれるのである。

その命の糧、娘奈美の育ての親ともいうべき指を極地の寒さから守るのは手袋である。その赤い手袋についていた値札が「280円」だったのである。私は谷本に向かって、三本目のビールを呑みながら、見聞きした凍傷被害について、るる、説明した。そして訊いた。

「この280円の毛糸の手袋であなたたちはぼくの指を凍傷から守れというのですか」

「い、いえ、決してそんなことは、ない、と思うのですが」

谷本はあまり冷房の効いていない安ホテルのレストランで汗をかいていた。

「何が、ない、んですか」

「あの、それは、安い手袋で凍傷を防げると思ってたわけではなくて、たまたま買ってしまったということだと思うんです」

「誰が買ったのですか。プロデューサー自ら買うわけではないでしょう、スタッフの誰か、それも自分が南極に行く人でしょう。谷本さんですね」

「あ、そうだったと思います」

「あなたの手袋はどんなやつですか」

「私は学生時代、冒険部にいましたから山岳用の用具はみんな自分で用意してあるんです。それに今回は南極にあるセルロンダーネ山脈のひとつを登頂する予定でいるので、新しく雪山登頂用の手袋を持ってきました」

「自腹ですか。テレビ局の経費で買ったのですか？」

「う……」

「あなたにはぼくの凍傷の不安などのっけから頭になかったのではないんですか」

谷本の顔から血のような赤い汗がたらたらと垂れていた。顎のあたりに溜まっている汗はナメクジのようにふくらんでいる。私は怒っていた。テレビ局という大組織に寄りかかって高給を貪り、たったひとりで生きようとしているフリーランスの物書きを見下している増長したテレビメディア人間に心底怒っていた。だが残念なことに私には気の弱いところがあった。私は悪人ヅラのくせに人情話についほだされて損をしたり、田舎出の女の子に懇請されるままお金を与えてしまったりする習性があった。そのためキャバレーハリウッドでは敷金おじさんとジャガイモねーちゃんから呼ばれていたことがある。

「局に予算がないというのは分かっていました。それで出発直前に知らされたギャラの不満も黙って飲み込んでいたんです。でもあなた方がぼくを舐めきっていると分かった以上、もう一緒に仕事をする気はなくなりました」

「いえ大口も私もセンセをナメてなんかいませんよ、突然だったにもかかわらず今回のレポーター役を快く引き受けて下さって感謝しているんです」

「口で感謝しているというのは簡単なことです。とくに詐欺師にとっては仕込み資金を用意することなく人を騙すことができるのですから楽です」

もっと悪人になれ、と私は自分を鼓舞し続けた。谷本は何か弁解がましいことを言い続けていたが、私は何も聞いていなかった。話の途中で片手を上げて後方を向いた。ウエイトレスと目が合ったので空のビール瓶を持ち上げた。彼女は合点承知というように力強く頷いた。

「センセには誠意を持ってあたっているつもりです。配慮が足らなかったならあやまります。機嫌を直して下さい」

私は頷いた。谷本は私が納得したと勘違いをしたようだが、私は全然納得などしていなかった。私が頷いたのは、彼らを信じたことは間違いだったと気付いたからだ。事務所に初めて現れた大口氏と谷本の三人で「山麓」から新宿住友ビルにある居酒屋に流れ、そこで二合徳利を三本空けた私に大口氏は思い切ってどじょう鍋を注文した。一人前630円という安さに自信を喪失しかけたが、これは大口氏が私を金銭などには動ずることのない大物かどうか試しているに違いないと思い込んでいた。私は数分後には家に電話をしていた。「おれ、来月から南極に行くことになった」電話口に出てきたのは八歳の誕生日プレゼントを父からもらえずに過ごした娘の奈美であった。こやつは何を勘違いしたのか「うん、あたしねー、ストロベリーのアイスクリームがいい」と健気にも言い放った。

「誠意なんかではなく、純粋にカネの問題なのです。楠三十郎はお金に関しては鷹揚なやつだと他人に印象づけたいだけなんだから、その見栄っ張り性分を利用してやろうと大口氏は考えたんでしょうが、それは人の自尊心につけ込んだ卑しいやり方です」

「決してそんなことはありません。そんなセンセをバカにしたようなことは、していないつもりです」

「したんですよ。ぼくは椎乃木誠さんの代役であるかもしれないけれど、ギャラまで代役にふさわしい安さでいいと見下されていたとは思わなかった」

谷本の目が目玉焼きのように脹れ上がり、その黄金色に溢れた巨大な目玉はそのままウエイトレスが手にした二本のビール瓶に注がれた。支払いはどうしたものかという恐怖心が如実に表れている。自分のポケットマネーから払えばいいのだ。彼は自分が南極にある山に登りたくてこの番組に志願したのだ。彼から見れば私は祈願成就のための道具にしか過ぎない。

「率直に打ち明けますとね、うちの秘書の土橋は椎乃木誠さんのギャラが五百万円だったということをとうに聞いていて知っていたんですよ。椎乃木事務所の女性と土橋は顔見知りなんです。椎乃木事務所はうちの横手の坂を上ったすぐ裏のビルに入っているんですよ。知らなかったんですか」

「いいえ、私はゼンゼン。それは大口の仕事ですから」

「大口氏から二百万円のギャラを提示されたときは唖然としたそうです。でもすでに南極に行く気になってホテルで頑張って仕事していたぼくにはいえなかったんですね。しかもテレビ局の習慣で契約書などは一切ない口約束なので、もしかしたら大口さんは考えを改めるかもしれないと土橋は期待もしていたらしい。だがその期待は空港まで持ち越された末、無惨にも裏切られたわけです」

谷本の顔が溶けつつある寒天のように歪んだ。他人の百面相を面白がっているときではなかった。

「出発二時間前の空港で、ギャラのことをぼくに告白したとき土橋は涙ぐんでいましたよ。その向こうで大口氏は大笑いしていましたがね。酷い人たちだ。よくぞ清貧に生きている作家に対して三百万円も値切ってくれましたね」

作家が不幸な存在であることの第一義は金銭に恬淡としている態度を示さなくてはならないことにあり、そのため安い原稿料を支払われても我慢をしている。雑所得の講演料などには決して文句を言ってはならない。金銭には無関心であることを装って会場からすばやく立ち去るのが正しい振る舞いなのである。私が記憶するただ一度のネゴシエーションは、四百字詰め一枚の原稿料が千円では殺し屋も雇えないと文芸出版社のＫ社に言ったことだ。Ｋ社の原稿料は翌月から二・五倍になった。

「しかしながら、２８０円の手袋にはほとほと愛想がつきました。フロリダからの飛行機だって電気椅子に縛り付けられたようなエコノミー席だったんですよ。特別な待遇は求めていないという善良ぶった人はたくさんいるでしょうが、ぼくは違うんです。ゼンゼン善人ではないんですよ。ここでも特別待遇を期待していたんです。でも裏切られた。ギャラはもういりませんよ。もともと単なる口約束ですからね。反古にするのも勝手なはずです。それから本来ぼくは無口なんです。では、さようなら」

10

私自身が日本から持ってきた荷物は肩から下げたバッグひとつだけだった。南極へは行けなくなったが、一週間ほどサンチャゴの市街をうろついてみようと考えていた。サンチャゴ大学には七年前にも行ってみたがミレーリャの姿は消えていた。その頃、身体はずっと熱っぽかった。数名の学生にもミレーリャの行き先を尋ねてみたが、捜し当てたところで彼女を救い出す現金は両替所で財布ごと盗まれていて無一文に近かったし、彼女の面影を追い求めるのは虚しさがつのるだけだと思い直してフロリダ行きの飛行機に乗った。転換が早いのが私の取り柄だった。悪いことを引きずらないですむからいつでも気楽に過ごせている。しかし、ここからわずか四時間でプンタアレナスに行くことができる、という思いはずっと夏の涼風に吹かれたちょっと臆病そうに人を見る癖のある女の美しい表情と共に引きずっていた。七年前、ミレーリャはまだサンチャゴ大学の医学部に通う二十二歳のおしとやかな女の子だった。その思い出は気楽に忘れることができなかった。

「ま、待って下さーい」

玄関に出た私をぶっとい腕が背後から羽交い締めにした。小瓶に入ったビールが空中に噴き上がった。

「あやまります。ごめんなさい。センセのおっしゃることは何でも致します。今ここで帰られたら番組は成り立ちません。帰らないで下さい」

谷本の声が法螺貝のごとく耳の後ろで鳴り響いた。腕を離して下さいと私は言った。彼のぶっとい腕が私を百八十度振り向かせた。今度は巨体が正面から見下ろしてきた。背が高い上に彼は一段高い石段の上に突っ立っていた。

「帰るんです。もう決めたんですよ。280円の値札のついた手袋は誰かにあげて下さい」

私は彼に背を向けて石段を降りた。古ぼけた安ホテルの前にも客待ちのタクシーが停まっていた。私が合図を送ると、運転手は上目遣いにこっちを見て車を発進させた。私は自分でドアを開けて後部座席に座った。続いて谷本が飛び込むように乗り込んできた。

「ナンバーワンのオテルへ行ってくれ。えーと、オテル・ラ・プリメラ・クラセだ」

運転手は頷きつつ何か訊いてきたが、私はラ・プリメラ・クラセと繰り返した。もしセンセに帰られたらこの番組はおじゃんですよと谷本は泣き声混じりに言った。自業自得ですよと私は返事をしてそれからは谷本が何を言っても黙っていた。タクシーは同じような街路をぐるぐると回ってから混雑した市内を通り抜けたところにあるホテルの前に停車した。旧市街を前に控えた古色蒼然としたホテルだった。ポケットを探ると最初に5ドル紙幣が出てきた。それを運転手に差し出すと彼は戸惑いを見せた。チリは南米の国の中では一番経済が安定していた。1971年に発作を起こしたニクソンの「ドルと金の交換停止」を受けて変動為替相場制へ強制的に移行された日本とは違って、チリでは87年の今でもまだ固定相場制をとっていて輸出産業の銅価格が安定した生活を国民にもたらしていた。同じ南米でもアルゼンチンはインフレに侵食されてアルゼンチンペソは下落が続いていたし、ブラジルにいたっては政府当局の無責任体質が浸透していて通貨レアルの為替相場は乱高下を繰り返していた。国家破綻までリーチというのがニューヨークに巣食うマフィアファンドの一貫した見込みだった。

七年前、乗船していた観光船が南極海域のスコシア海で座礁して、アメリカ人の映画スタッフと共に命からがらプンタアレナスまで逃げ帰ったとき、食中毒と脱水症状で心臓の脈拍すら消えかかっていた私を救ってくれたのも、チリの安定した国家経済が最果ての港町に住む人々を下支えしていたおかげだった。それでもチリの国民のひとりあたりの国民総生産は日本の四分の一以下だった。

病気になった私を看病してくれたミレーリャにとっては大学で医学を学ぶことは相当困難だったに違いない。サンチャゴから生まれ故郷のプンタアレナスにクリスマス休暇で戻っていた彼女と出会うことができたのは、元海軍の軍人だったという父親が身体を癌に侵食されて入院していたからだ。実家では輸入品雑貨や干物を商っていたが母親ひとりでは商いは満足にできず、満室のためホテルを追い出された私が支払ったわずかな宿泊料が、民宿も兼ねていた彼女の家の家計にはほんの少しだが助けになったようだ。

隣家の裏庭を見下ろす暗い部屋で熱を出して寝ていた私を父親の入院している病院から戻ったミレーリャはベッドの傍らに腰を下ろして、まるで古い日本の町に住む娘のように水で冷やしたタオルを額に置いて静かに見守ってくれた。ミレーリャが町を出ていったのは私がその家にやっかいになって四日か五日目だった。それきり彼女とは会うことができなかった。熱に浮かされながら彼女といくつか大切な約束をしたようだが、全てが反古になった。

私は呑みかけのビール瓶を片手に持って立ち上がった。実にさっぱりした気分だった。全ての約束は反古になった。結局、それで私は恥をかかずにすんだのだが、それはむしろ深い悔恨と決して実を結ぶことのない愛というシロモノに置き去りにされた気分を植え付けられただけだった。

サンチャゴのホテルの前に停車したタクシーの運転手は、5ドル札から視線をはずさずに狼狽しながら指先と顎を派手に振った。釣り銭の計算ができないでいるのだ。空港からサンチャゴ市内まで10ドルを払ったら運転手は大喜びだった。5ドルは1500ペソになり、市内を五分間走っただけでもらえる運賃としては大金だった。

「釣り銭はとっておいていいよ」

私は英語でそう言って谷本に外に出るように促した。運転手は英語をよく分かっていなかったが、お金のことに関しては理解が行き届いていた。欠けた前歯を歯茎ごと見せてムチャス・グラシアス（ありがとう）を繰り返した。

フロントまで20メートルほどあった。髪の多い五十代半ばのフロントマンがうやうやしく迎えてくれた。

「ティエネン・アビタシオネス・ドブレ・パラ・エスタ・ノチェ(ツインルームがあるかな)」

こういうときのために来るまでの機内で暗記した言葉だった。一分もしない内に私は部屋の鍵を受け取っていた。谷本はまだ後ろにぶっ立っていた。

「安心して下さい。部屋代は自分で払います。では」

「お願いです。これ以上困らせないで下さい」

「それはぼくのセリフですよ。ひどい飛行機に乗せられて疲れているんです」

私は谷本を押しのけてエレベーターに向かった。彼は何事か言った。哀願しているような脅迫しているような口調だった。突然私は妥協案を思いついた。

「今回のことでぼくには生命保険はいくら掛けられていますか」

「一億円だったと思います」

「その受け取り人は誰になっているのですか」

「えっ、それは……」

「こちらで調べてあります。『テレビ麻布』です」

「はあ」

「つまり私が南極で命を落とせば『テレビ麻布』に一億円が転がり込むというわけです」

「はあ、……しかし、それはいったんは『テレビ麻布』に入るお金かもしれませんが、そのあとは遺族の方に、つまりもし楠さんに何かあった場合のことですが、家族の方に賠償金としてお渡しするようになっているのだと思いますが」

「ではそれを念書にして部屋に届けてください。それと一億円の傷害保険もつけて下さい。谷本さんの了承サインだけでいいです。それからついでに大口氏に電話してぼくのギャラを元の予算通りの五百万円に戻して下さい。ぼくの事務所で入金の確認が取れ次第話し合いをしましょう。それでやっとスタートラインにつけるわけです。出発まで丸二日しかありませんよ」

　私は冷酷な殺し屋になった気分だった。呆然とでくの坊のように突っ立っている谷本を置いてツインルームに落ちついたときは腹の底からおかしみが込み上げてきた。小学生の四年生のときから五年間、私はＮＨＫの専属である東京放送児童劇団に所属していた。まだラジオ放送中心の時代で、ゴールデンタイムといわれる時間のドラマは午後六時から放送されていた。私は主に昼間の学習番組に出演していた。十五分の番組で主演、脇役にかかわらず出演すると四百円のギャラがもらえた。必ず再放送料がつけられてこれは百二十円だった。私は声に特徴があったのでよく出演依頼がかかった。そのほとんどが悪役だった。最初はふてくされていたが聴取者からの投書で少年ギャングみたいでカッコイイと書かれたものが舞い込み、悪役に徹することに決めた。やがてテレビドラマが始まり、大人になれば自分には殺し屋の役がつくのだろうと思うようになっていた。だが、児童劇団を統括している部門から経費節減を言い渡され、規模を縮小することになり、中学生は児童劇団を追い出されることになった。それでも私はことあるごとにもしもう一度役者に返り咲くことがあれば殺し屋の役を志願しようと思っていた。

サンチャゴの夏の日差しの下で陽気な人々に揉まれて歩きながら私は時折思い出し笑いをしていた。谷本が部屋を訪ねてきたのは二日後の朝七時だった。手に手書きの念書を持っていた。笹塚の事務所から「ギャラが振り込まれてきました」と連絡があったのはチェックアウトする間際だった。私は念書に傷害保険金の一億円が付け加えられていることを確認して、サインをしたためると、殺し屋の仮面を脱ぎ捨て、哀愁の町、プンタアレナスに行く心の準備を整えた。

11

朝八時四十五分に出発したチリ航空の飛行機は、きっかり四時間後の十二時四十五分にプンタアレナス空港に到着した。タラップを降りると首筋に当たる風に棘が交じっているような冷たい痛みを感じた。ペンペン草が滑走路のところどころに生えていた。遠くの山並みは冬空の下に縁取られたようにはっきりとした濃緑の山並みを見せていた。サンチャゴは三十度を超す夏日だったが、ここにはすでに晩秋の気配が漂っていた。

私と村川隊長はタクシーでホテルに行くつもりで乗り場に並んだ。乗り込もうとすると麻布新聞の志波原とカメラマンの関谷が息せききって走ってきて一緒に乗せてくれと言う。ふたりとも大きな荷物を持っていた。「ダメだ」私は二重顎を持つ志波原の顔を見つめてそう言った。それから村川隊長を促してタクシーに乗った。

「随分はっきりと断ったな。やつらが嫌いか」

「それ以前に肌が合わないんです。初対面で自分は東大出身だのＩＱはいくつだのと自慢するやつは糞虫としか思えないんです」

村川隊長は笑った。日焼けした口のまわりに深く刻まれた皺が走った。日本人として初めて南極点に到達したキャリアを持つ六十九歳の苦み走った男臭さが粋だった。

「あ、隊長も東大でしたね」

「おれは帝大だ。それも戦争のため繰り上げ当選だ。それでやつはＩＱはいくつだといったんだ？」

「１１９といっていたかな」

「平凡じゃねーか。アホな社会部記者は正月には南極に飛ばされるんだ。痩せた牛だなあ」

隊長は窓の外に広がる岩だらけの荒野に目を向けた。あばら骨の浮いた牛が岩の間に残っている草を疲れた様子で食んでいる。七年前とまったく同じ光景が点在している。

「あれ一頭がいくらで売れるんだ？」

「ここらの牛は肉が少ないですからね。市場に出しても四、五万円でしょう」

「日本だったら山羊二頭分の値段だな。どこも農民は苦しいな」

「チリは為替変動が少なく国民生活も安定しているそうですよ」

「低いレベルでな」

村川隊長はちょっと黙ってから頭を正面に、向けた。

「三十五年前にな、マナスルに登ったことがあるんだ。『文豪』はいくつだった？」

誰のことかと思ったが村川隊長が存外真面目な表情でこちらを見ているので私は居ずまいを正した。

「ぼくは四歳でした」

「若かったな」

「……」

「そのとき地元のシェルパーが、こんなことやっていくら儲かるんだとおれに訊いてきたよ。ドキッとしたな。思い出すたびドキッとする」

私たちは町で一番古いホテルに泊まった。七年前に来たときと同じホテルだった。その間に新しくもっと大きなホテルも建っていたが、どうやらそのホテルが一番安かったようだ。三隻出航する観光船の乗客の三分の一が今回も宿泊しているとフロントでは言っていた。このホテルにはあまりよい思い出がなかった。乗っていた船が座礁して、拾われたチリの軍艦から凍える思いでここにたどりついた私は、部屋に入るなり高熱を発して寝込んだ。他の乗船客は一日休むとすぐにサンチャゴに向かったが、脱水症も併発して便所に立つ気力さえ残っていなかった私は、小児科兼用の内科医院から出されたよく分からない薬を飲んで終日震えながら毛布にくるまっていた。そんな私にホテル側では、ワールドディスカバー号の客が戻ってくるので部屋を空けるように通達してきたのだ。抗議したが、予約客が優先だ、と言われ民宿を紹介されたのだ。そこにミレーリャが父の看病のために戻っていた。医学生の彼女は臨時で病院の手伝いもしていた。

この町に再び立つと、予想していた通り頭の中にはミレーリャが最後の日に見せた、心細げな表情の中に黒真珠を映したような瞳がいっぱいに脹れ上がってきた。空から氷の破片がひらひらと舞い降りていた。やがて開いたドアの向こうに、ミレーリャの光に縁取られた柔らかい影が吸い込まれていった。私はいつのまにか、ミレーリャが部屋で寝ている私を置いて消えていった光景をそんな幻影に置き換えて思い出すようになっていた。感傷に浸る自分は十七歳の危険と呼ばれた少年に戻ることができた。すると爽やかな風が胸の中を往来した。

「ブエナ　スエルテ（幸運を）」

ミレーリャが最後に口にしたのはそんな平凡な別れの挨拶だった。前夜からまた熱をぶり返していた私は、多分潤んだような目でベッドから彼女を見返したのだろう。裸でベッドにもぐり込んできた女がこんな他人行儀な振る舞いをするのかと内心私は不満だった。そんな思いを察知したのかもしれない。立ち去りかけた彼女は斜め上から私を見返した。肩をすくめて薄く微笑むと、上半身を曲げて私の耳元で何か囁いた。聞き取れずにいらだった私の頬にミレーリャはひんやりとした唇を触れてきた。それから少しだけ睫毛を震わせて半病人の唇に熱い舌を突き立ててきて吸い込んだ。

12

プンタアレナスを出発するのは十二月二十六日の朝だと聞かされていた。それまでの五日間はいくつかの撮影がある以外はほとんど自由時間が与えられていた。A、B二班の南極航空隊のスタッフは小型飛行機に積み込むガソリンや食糧、それに各国基地への贈り物の調達に忙しかった。手伝っても足手まといになると知った私はひとりで町を散策した。

地球最南端の港町には青味を薄めた光が溢れていたが、吹いてくる風は冷たかった。古い倉庫や二階建ての建物が建ち並ぶ裏道には陰鬱な空気が潜んで小さな渦を巻いていた。ひと気のない町をあてもなく歩いた。だが、七年前に担ぎ込まれた医院の在り処は発見できなかった。どこか苔むしたような煤けたビルの二階にあったはずだが目を開くのも辛いほど熱を出していたので記憶もあいまいだった。一時間半ほど歩いてから、ホテルの前にある公園のベンチに座ってマゼラン像を見上げた。周囲にいる若いカップルはセーターの上にアノラックかブルゾンを着ていた。寒い気候の中で白い肌を桃色に染めて男の言葉に笑って反応する娘の様子はほほえましかった。公園に樹木は少なかったが、淡い緑の風が時折紛れ込んできて、南極海から吹いてきた凍った風をからかうように気儘に回転して高い青空に吹き上がっていった。

ホテルに戻り殺風景なロビーの片隅にあるバーでビールを呑んだ。すると少しばかり勇気が湧き上がってきた。私はもう一度ホテルを出て、港の方に向かった。近づくにつれて風が強くなった。空に広がっていた青空は灰黒色の雲に覆われ始めていた。それが嵐の到来を知らせるようにどんどん広がっていく。アノラックの下に薄手のセーターしか着てこなかった私は、強風のために斜めになって生えている細い灌木に沿って歩きながら、肝腎なときに準備を怠る自分の間の抜けた性格を呪った。

「暢気なやつ」

そうミレーリャが呟いた。

座礁した観光船からゾディアックと呼ばれるゴムボートに乗客たちは先を争って乗り込んだ。他人を突き飛ばしたスエーデン人の医者は反対にパンチを食らって脂肪太りした女房もろとも救命器具から零下五度の氷海に墜落して悲鳴をあげていた。私は最後まで傾いた船に残ってスタッフと共に乗客の整理にあたっていたが、肝腎の自分の荷物は部屋に置き忘れた。両親が経営する民宿で私の看病にあたってくれたミレーリャは、私が汚れた下着と大学ノートの入った手荷物だけしか持っていないことを知ると、ニコリと微笑んで額に冷たいタオルを当ててくれた。多分、それがミレーリャが私に発した最初の言葉だった。

「ドジなんだよ」

「そうね。でもそういう人を好く人もいる」

午後遅くになって、ミレーリャは数枚の下着と青色のシャツを持ってきてくれた。小箱には薬が入っていた。

「お腹の薬。熱冷ましはもらわなかったの。薬で熱を下げても菌は生きているから。汗をたくさんかいて、乾いた下着に着替えるのよ。熱はいつか下がるわ」

レースのカーテンを通して白っぽい夕陽がミレーリャの形のよい横顔を覆っていた。

「戻ってくる途中の港でマゼランペンギンを見たの。今年になって初めて」

「ここの港にもペンギンがいるのか」

「コロニー（繁殖地）があるのはもう少し北。港にはこぼれた魚が浮いているから怠けものがやってくるの。ペンギンって鳥類だけど空を飛んだ形跡はないのよ」

「形跡って、何年前の話だ、そりゃ」

「あなたが生まれるちょっと前。七千万年くらい前」

港から少し町に戻ったところにミレーリャの実家があった。一階に雑貨店と奥に一部屋、二階に三部屋あるだけの四角い小さな家だった。七年振りに捜し当てた家の入り口のドアには厚い板が打ちつけてあり人の出入りを拒んでいた。何年間も人が住んだ気配がなかった。ミレーリャの母親もどこかへ引っ越してしまったのだろうかと思いながら、ペンキの剝げ落ちた外壁を見上げた。表通りからでは私がいた部屋は見えなかった。いま窓が固く閉ざされた部屋にはミレーリャがいたのだ。プンタアレナスという地球の最果ての地まで来ながら、なぜすぐにここを訪ねようとしなかったのか自分でも分からなかった。

数分間、そこに立っていたが通り過ぎたのは自転車に乗った老人ひとりだけだった。老人にミレーリャのことを尋ねる気にはなれなかった。ホテルに戻ろうとすると一軒おいた店の窓のカーテンが開き、中から電気が灯された。窓辺には人形や毛糸の帽子、手袋などが並べられてある。ふと280円の毛糸の手袋を思い出した。新しい手袋を谷本が買ったかどうかまだ確認をしていなかった。

硝子が嵌め込まれたドアを押すと鈴が鳴った。小太りの色艶のいい老婦人が人のよさそうな微笑みを浮かべて迎えてくれた。私が狭い店内を見物し出すと老婦人は編み物を始めた。赤い毛糸の帽子ができつつあった。老婦人は英語がほとんど喋れなかったが、ごちゃごちゃ言い合っているうちにそれは七歳の孫娘のために編んでいるクリスマスのプレゼントだと理解できてきた。私は娘へのプレゼント用に帽子を買い、それから南極飛行レポーターとしての体裁を整えるために「PUNTA ARENAS」と刺繡の入った赤と白の毛糸の帽子と手袋を購入した。子供用の手袋を手に取り、これは日本にいる娘へのクリスマスプレゼントだと言ったら老婦人は白い歯を見せて喜び、しゃれた服をつけた掌サイズの人形をくれた。代金をチリペソで支払ったあとでそれがあまりに良心的すぎる値段だと知ったので、私は十ドル札をお礼につけた。老婦人は目を丸くして頭を振った。とても受け取れないというのだ。

「これはあなたの孫娘へのクリスマスプレゼントだ」

そう言って丸く太った老婦人の手の中に札を押し込んだ。戸惑っていた老婦人は私が「ミレーリャ」の名前を出すと今度は困惑した表情になった。ミレーリャに婚約者がいたことは彼女から聞いていた。その婚約者の父親から生活から学資など一切の援助を受けていたこともミレーリャから聞かされていた。そして彼女は自らこの家から立ち去ったのではなく、婚約者の父親から連れ去られたのだということも察しがついた。

「あの子はスペインに行った。結婚してスペインに行った」老婦人はそんなことをスペイン語交じりの英語で説明した。「ミレーリャのママはどうしましたか」と私は聞いた。老婦人はただ悲しげに首を横に振るだけだった。それでも私が店を出るときは「ブエン・ビアへ（よいご旅行を）」と言ってとっておきの笑顔で送ってくれた。私は「アスタ・ラ・ビスタ（またね）」と挨拶を返してから、そこいらの観光客とは違うという意識がふと湧き出て「ノ、バルコ（船）だ、アンタークティックへはノー・シップ、アヴィオン（航空機）で行くんだよ」と二度繰り返して言った。老婦人ははあはあと口を半開きにして頷いていた。

毛糸屋から車の往来の少ない二車線の道路を横切ったところにスーパーマーケットがあった。七年前にはなかった店だった。こんな大きなスーパーマーケットができたのでは、ミレーリャの母親が細々とやっていた雑貨屋はひとたまりもない。そう思いながら多分娘と一緒にスペインに行った母親のことを思い出していた。ふと毛糸屋の老婦人が曇りがちの表情をしていたことが気になった。母親はもう生きていないのかもしれない。

広い店内に客は少なかった。ビールを買ってレジを抜けると外から少女が飛び込んできた。はちきれんばかりの艶のある頬をしたその子は、めざとく私を見つけるとハアハアと荒い息を吐きながら愛らしい双眸を向けてきた。少女は両手に10ドル札を挟んでいた。

「ムチャス・グラシアス」

祈るように小さな両手を差し上げて言った。私は膝を折って少女の青味がかった瞳に見入った。エス・レガロ（プレゼントだ）、と言ったが少女の祖母には伝えられたクリスマスという単語がスムーズに出てこなかった。若い頃、サンフランシスコの大学に遊学していた私は一学期だけスペイン語のクラスをとったことがあったが、それももう二十年前のことだった。覚えているわけがなかった。しかし、やっと「デ・ナビダッド」と口にすることができた。すると少女はごく自然に私の頰にキスをしてきた。私たちは一緒にスーパーマーケットを出た。私がホテルに向かい出すと少女は手を振って見送った。

13

二十四日の朝になって、カナダからA号パイロットのラス・ボンバリー機長とB号のポール・ヘイワード機長、それに二人のコ・パイロットがはるばるとアメリカ大陸を縦断してやってきた。A号のラス機長と若手のジョンはプンタアレナスから昭和基地までの一万三千キロメートルを操縦することになっている。わざわざカナダからラス機長を呼んだのは彼にはこれまで二十二回に及ぶ雪上離着陸の経験があったからである。北極海の荒天も幾度となく乗り切っている。南極飛行は初めてだというが今回の南極飛行に彼の飛行技術は欠かせない。何せ南極に基地のある他の国は秘密主義でパイロットの貸し出しを禁じているのである。

四人はまず真っ平らな吹きさらしの飛行場に行って、カナダのブラッドリー航空会社があらかじめチャーターしておいた双発機の点検にかかった。そのとき私は初めて「南極・

昭和基地空路開拓飛行」の主役であるツインオッター号と対面したのだが、それは予想に反してかなりポンコツだった。最果てのちっぽけな空港に繋がれていた二十人乗りのツインオッター号は小さくてみすぼらしく、雨に打たれた捨て犬のようにうなだれていた。これで操縦士を含めた九人が一万三千キロの飛行をすることができるのだろうかと不安になった。ただ、新たにつけ加えた一億円の傷害保険のことを思うと「ま、いっか」という気持にもなれた。

背丈はそれほど高くはないががっしりした体格のラス機長は、対照的にひょろりとしたジョンと空港の作業員三人を促して、まずエンジンの点検に入った。ジョンは率先してスパナを取り出した。カナダのパイロットは点検作業もできるのだなと私は感心して見ていた。チリのカルバハール基地には雪はそれほど積もっていないので、スキーを取り付けなくても着陸できるとラス機長は傍らでぶっ立っていた谷本に説明をした。谷本はオーオーと頷いていた。それから四人のカナダ人は日本人スタッフの助けも借りながら二機のツインオッター号を丸ごと洗濯にかかった。二時間後、機体は真っ白に輝き、白鳥のように気高い姿に変貌した。

しかしそれからが大変だった。A号のツインオッター号の機内には二十の座席があったが、まずその内半分は取り外して燃料やら撮影機材、テントなどの資材や食糧を積み込む必要があった。それを聞いた空港作業員はアホクサと愛想のよい笑顔を残して帰っていった。B号の機長と副操縦士は帰りのタクシーを呼ぶため小さな空港建物に戻っていった。

「そういうことでみなさんご助勢をお願いします」

麻布新聞A班の関谷カメラマンが髭そり跡の残るエラの張った顎を突き出してそう声を張り上げた。「おれたちもかよ、まだやることがあるんだよな」とB班の隊員たちの間から不満の声があがったが、関谷カメラマンは「隊員みんなでやって下さい」と毅然と命令した。B班は南極半島にあるチリのカルバハール基地周辺でペンギンを撮ったり、あざらしと戯れる女性レポーターを撮影するのが主な仕事なのである。その女性レポーターがいつプンタアレナスに到着したのか気付かなかったが、朝食のときに対面すると女優の泉小百合から別の若い女に代わっていた。彼女には極地観光のコーディネーターと南極海を潜るときの補助員としてダイバーが付き添っていた。おや、と思っていた私に谷本が耳打ちした。

「泉小百合さんはアマゾンでの取材を終えたばかりで、今度は寒い南極に行くなんてもうイヤだと断ってきたんです。プロダクションが勝手にオッケーしていたんですね。それで急遽、園山めぐみさんになったんですが、大口が例によって、あ、可愛い、この子に決めようと簡単に決めてしまってこうなってしまったんです。彼らは我々とは最初からテーマが違って観光気分でいるんです」

　我々はラス機長の助言に従って十席を取り外し、代わりに燃料の詰まった二本のドラム缶と十七本の補助タンクを入れた。ふたつの大きな木箱には食糧や用具が入っているという。非常用に救命筏もあり、さらにテントも大小四つがコンクリートに投げ出されていた。私の下着には汗が張り付き、海から吹いてくる寒風が侵入してきて汗は凍りつき始めていた。

「文豪、顔色が悪いぞ、あとは若者に任せておれと一緒にホテルに戻ろう」

　途中から様子を見に来ていた村川隊長がそう言った。私たちが戻り出すと、私も帰ります、社に原稿を送らなくてはならないので、と言って志波原記者が走ってきた。すかさず村川隊長が声を放った。

「君は残れ。最初の原稿は『あすか基地』から送ると聞いているぞ。少しは働いて体重を落とした方がいい。飛行機は重量オーバーだからな」

　勢い込んでいた志波原は棒立ちになった。私たちはホテルに戻り隊長はバーでウイスキーを呑みながらメモ帳に何かを記入し出した。私は部屋でシャワーを浴びて汗を流したあと一時間ほど眠った。谷本から電話があったので何か用かと尋ねると、これから教会で撮影するという。スケジュール表は渡してあるはずですと聞いて、私はのそのそと着替えをし出した。ロビーには村川隊長と園山めぐみ、それに撮影スタッフとして後藤泰治郎カメラマンがひとりだけ待っていた。遅れて谷本がズボンのファスナーを引き上げながら便所方面から走ってきた。

教会には町の人たちが集まって静かに神父の説教を聞いた。村川隊長を挟んで私と園山めぐみが長椅子に腰掛けた。壁ランプの黄ばんだ明かりが人々の疲れた顔に当たっていた。短い撮影を終えて教会から外に出ると、丁度夕陽が町の屋根に落ちていくところだった。

「赤い夕陽のメリークリスマスだな」

村川隊長が懐かしそうに呟いた。

ホテルに戻るとジョンがぐったりした様子でロビーの古いソファに座って両足を投げ出していた。どうした？　と訊くとビールが呑みたいという。バーに行こうと誘うとラス機長に見つかるとやばいという。叱られるのか、とさらに訊くと、叱られやしないが、やばいし機長に申し訳ないという。私はジョンを誘ってもう一度外に出た。灰色の明かりが空に広がる涼し過ぎる町を五分ほど歩いて、建物の隅にこびりついた古い木の扉のあるカウンターバーに入った。ビールを注文すると、無愛想な五十がらみのバーテンダーがむっつりと頷いた。ビールを呑む間、麦わら帽子を被った地元民が真っ黒く日焼けした顔の中からぎらついた眼をじっと向けてきた。

よ」

「何だよ、こいつらは。いやな目つきをしやがって、てめえら白人をみたことがないのか

物静かだったジョンは二本目のビールを呑み干すとジーンズのポケットからカナダドル紙幣を取り出そうとした。私はその手を押さえた。

「ここはぼくが払うよ。それにカナダドルは使えない」

ビールを呑みながら、ジョンの年俸は百七十万円だと知らされた。今回の特別手当として八万円が別途支払われるという。バーを出てマゼラン像のある公園の近くまで戻ったが、ジョンはまだ呑み足りなさそうだった。

「明日の夜は禁酒なんだ。うちの会社では出発の十時間前になると酒を呑んではいけない規則になっているんだ」

入り口に錨を象ったランプが下がっている店に私はジョンを誘った。先程のバーとは随分雰囲気が違い、ここには若いカップルの囁き声が充満していた。私たちは十席ほどあるカウンターの隅に座りスコッチウイスキーをロックで注文した。まだ二十代の若いバーテンダーは愛想よく頷いた。ウイスキーが置かれジョンとあらためて乾杯した。バーテンダーは時折こちらに興味深げな視線を注いできた。私はすぐに呑み干した。もう一杯と言うと、カウンターに置かれたままになっていたロックグラスにウイスキーをついで、早口で

何かまくしたてた。ジョンはキョトンとして彼を見ている。

　ミレーリャ、という名前がいきなりバーテンダーの口から出たとき、私の胸は泡立った。見返すと、彼は眉墨で縁取ったような窪んだ双眸を向けてきて、はっきりと分かる瞬きをした。ミレーリャ、とバーテンダーは二度繰り返した。すると奥のテーブルからひとりの女が立ち上がる様子が左眼の隅に映ってきた。

「このバーテンダーは女の子の名前をいっているみたいだぜ」

　細面のジョンは山羊に似ている。その口髭に煙草の煙がまとわりついている。

「あんたのこと知っているみたいだな」

「七年前にここに一度だけ来たことがあるんだ」

「七年前？　あんた七年前にも来ているのか。何屋なんだあんたは。テレビのレポーターじゃないのか」

　あのとき、半病人だった私はまだ熱が下がりきっていないのにもかかわらず、このバーに来てビールを頼んだ。その頃民宿では私の姿が消えたので大騒ぎになっていたという。ミレーリャ探偵団に見つかったのはまだ小瓶のビールを三本とスコッチウイスキーのロックを二杯だけ呑んだときだった。決して大声を出すことのないミレーリャは店に入って来るなり私の背中を掌で強く突いた。頬から鮮血が噴き出したように紅潮していた。お縄になった私はミレーリャと友人たちに囲まれる形で民宿に引き立てられた。部屋に入って荒い息をつく私の額に手を当てながら彼女は怒った様子で何事か呟いていた。

「咽が渇いていたんだ」

彼女は英語をよく理解した。なのに私の耳元でスペイン語で小言を言い続けた。深い闇を連想させる瞳の奥で小さく光るものがあった。

その晩、熱をぶり返した私は以前に増して得体の知れない模様が脳の中を渦巻くのを見ていた。ときどきわけも分からずに喘いだ。ミレーリャがベッドにもぐり込んできたのは深夜になった頃だろう。彼女は裸だった。私は時間の感覚が失せ、熱と脱水症状に呻き続けた。ミレーリャの少し湿った豊かな胸が私の二の腕に置かれていた。長い両脚が私の片方の脚を挟みつけてくると、押し出された反対側の脚がベッドからはみ出した。すると彼女は私の腹の上で上体を折って、冷気にさらされた男の脚をベッドの中に戻した。そうすると彼女の丸みを帯びた恥骨が私の太股に当たり、何だか雲の中を転がっているような夢心地で私は彼女の控え目な恥毛に触れた。さらに発熱が激しくなった私だったが、柔らかい女の肌の心地よさは温暖な小島に降り注ぐ光の舌先のようになめらかだった。それが死の間際に混濁した脳が映し出す幻影と同じ種類のものだとは思いたくはなかった。

「ミレーリャを知っているの？　じゃあエリアナにクリスマスプレゼントをくれたニッポ

ン人ってあなたなの？」

私とジョンの間に勢いよく飛び込んできた若い娘は、よく輝く灰色の眼を見開いて声を弾ませた。

「英語が喋れるのか？」

「サンチャゴ大学で観光を勉強しているの。夕方から市内の旅行代理店で働いているわ」

彼女は如才なく名刺を差し出してきた。名刺にはマリア・ナントカと印刷してあった。

「10ドルももらってエリアナは大喜びだったわ。祖母がいっていたけど、あなたたち南極まで飛ぶんだって？」

「ぼくがコ・パイロットなんだ。ジョン・ハリスだ」とジョンが言って右手を差し出した。マリアは笑って手を握り返した。「残念だが、ここで呑めるのも今夜が最後なんだ。明日の夜は禁酒だし、明後日の朝にはチリに向かう」

「そうだったの。あなたの名前は？　エリアナが礼状を書くっていっていたわ」

「サンジューローだ。礼状はいらない。あの子はあと十年もすれば美人になるよ。ミレーリャのことで何か聞いているか」

「サンチャゴ大学で医学を勉強していたけど大学院には行かずにスペインに行ってしまったって聞いたわ。事情があったみたい。あたしは十歳くらいだったけどいつも可愛がってくれたわ。きれいな人だったから男がみんな狙っていた。でもミレーリャの家ではお父さんが事故を起こしたのでお金が必要だったみたい。元は軍人だったそうだけど年金だけじゃ賠償はできないわよね」

「彼女のお母さんもスペインに行ったのか」

「お父さんが死んでからすぐに亡くなったのよ。そのときはミレーリャも戻ってきていたけど、お葬式ではあまり話せなかったし、すぐにサンチャゴに戻ってしまったからよく分からないの。でも素敵な人だった。ミレーリャのお友だち？」

「民宿をやっていたときの客だ。一緒にこのバーに呑みに来た」

一緒に呑んだわけではないが説明するのが面倒なのでそう言った。

「ええっ？　そうなの？　おばあちゃんからミレーリャは民宿のお客さんとは外に行かないって聞いていたわ。あなた名前をもう一度いってみて」

「サンジューローだ。サン、でいい」

太陽の男、と思ったが吐き気がしたので口にはしなかった。

「サンジューローにプレゼントをしなくちゃね。ジョン、気をつけて運転してね」

マリアは身体を弾ませて席に戻っていった。運転じゃねーよ、操縦だよ、とジョンは呟いた。

14

腹痛で目が覚めた。時計を見る余裕もないまま、便所までよろけて行った。そんなことが明け方まで続いた。朝食の時間がきたので律儀に一階のレストランまで降りたが、そこにいた男はみなほてった顔をしていた。誰も食事に手をつけなかった。交互に体温を測るとみな三十八度の熱があった。あとから入ってきた谷本と志波原のふたりだけ何事もなくパンを囓っていた。十名ほどの男は何も口にせずに黙って席を立った。みな前夜食べた海産物に当たったのだ。昼前に作業のためスタッフは一応ロビーに集合したが、ともに活動できる者は三、四名しかいなかった。みな熱と嘔吐と下痢にやられていた。ことに三人は酷く、たった一日で顔はゾンビのように痩せ細っていた。生きている人間のようには見えなかった。その中でも私の症状が一番酷く、心音が弱まっていて横になっても呼吸すら満足にできない状態だった。

「とにかく医者に行きましょう。明日には出発なんです。何とか治してもらわないと」

谷本は私たち三人をタクシーに乗せて、ホテルから聞き出した英語が通用するという医者のところに連れて行った。そこは昭和初期を連想させるような古い医院だった。壁には染みが広がり、待合室の長椅子のビニール革は破れて中から藁がはみ出していた。診察室には女が両脚を広げて仰向けになる分娩台がふたつ、お待ちしておりましたというようにニョッキリと突き出ていた。ここは産婦人科かよとひとりが言った。悪い冗談だと思っていたらひげ面の老医師は、パンツを脱げ、といきなり言ってB班のカメラマンを指さした。カメラマンはむくつけき大男だったが、医師から指名を受けるとたんにナヨッとして尻込みをした。医師は脱げとまた命じた。いやよ、とカメラマンは下腹を押さえた。押し問答の間に私はゼーゼー言いながら医務室から逃亡した。ホテルに戻ってフロントで薬局のある場所を尋ねていると、ふたりの男が口を半開きにして空中を泳ぐように喘いで戻ってきた。しばらくして腹痛用の薬らしきものをもらった私たちはそれぞれの部屋に戻ってひたすら眠った。

出発の日の朝になっても熱は引かなかった。下痢も一向に治まる気配を見せなかった。それでいて脱水症になっていたから咽がやたらに渇いた。水を飲むとそれがそのまま下痢となった。

「これでは出発は無理かもしれないですね」

部屋まで状況を観察に来た谷本が声を落とした。一緒に来た村川隊長が横になっている私の額に手を当てた。

「出発を見合わせるほかないな。二、三日遅らせてもどうということはないだろう」

村川隊長があっさりと言い放った。

「ダメですよ！」

どこから出てきたのか、いきなり志波原が大声で叫んだ。青いアノラックを着た志波原はリュックサックを背負いすっかり出発の準備を整えていた。

「記事は元旦に載せなくてはならないんです。それには三十日までに『あすか基地』に着いている必要があるんです。チリのカルバハール基地からあすかまで４５００キロあるんです。その間どんなことがあるか分からないし延期なんてできませんよ」

「君は何をいっているんだ。文豪の顔色を見て何とも思わんのか。彼は明らかに食中毒にかかっている。それも重症だ。このまま出発なんかできるわけないだろう」

隊長が唇を震わせて言った。志波原は目を剝き出し、腐ったたらこのような口を突き出したが何も言えずにいた。緊張が極限に達したとき、「へのへのもへじ」みたいな顔付きをしたフロント係の男が「セニョール・クスノキはいますか」と開いたドアから入ってきて訊いた。谷本は救われた様子で彼に目を向けた。なに？　と私はベッドから頭をもたげて聞き返した。

「女の人がプレゼントを持って来ています。直接渡したいそうです」

スペイン語交じりの英語を理解するのはやさしくはなかったが、女（ソルテロ）、プレゼント（レガロ）、という単語に反応した私はたちどころにミレーリャの顔を思い浮かべた。そんなことはあり得ないという理不尽な状況も全て抹殺して服を着た。その上から黄色のアノラックをはおり山岳用の靴を履いた。隊長と谷本が目を丸くして私を見つめた。起きて大丈夫なのか、と生牡蠣にあたった隊長は腹を押さえて言った。ほらね、起きられるんですよ、と志波原は官吏にありがちな下卑た笑いを浮かべた。

ロビーに行くと荷物を床に置いて佇んでいるジョンのやつれた姿がまず目に入った。充血した目を向けてきてオッケーなのか、と訊いてきた。ジョンの背後から女が現れた。ミレーリャがいるものだとばかり思っていた私は大学の観光学科で学んでいるという肉付きのいい潑剌とした娘が出てきたことで少しばかり混乱した。

「あなたにクリスマスのプレゼントを渡したいの。ほらエリアナ、あなたから彼にあげるんでしょ」

腰骨の張った女の横から先日会った女の子がおずおずと顔を出した。毛糸の帽子を編んでいた老婦人の孫娘だった。まるで小型の雪だるまのようだった。彼女は何か言うと床に置いてあった布に覆われた荷物を指さした。だが何も言わず、代わりに姉の女が早口でまくしたてた。

「ここで朝早くからあなたを待っていたのよ。あたし始発の便でサンチャゴに戻らなくちゃならないから。でもあなたは病気だっていうし、この子はどうしてもあなたに渡してくれっていうし。じゃあ、そういうことで大事にしてね」

そう言うとマリア・ナントカは妹を促して足早にホテルのロビーから立ち去っていった。ぼんやりと頭を振りつつ、私は床に置かれたままになっていた丸みを帯びた荷物の布を取り払った。出てきたのは大きめの鳥かごだった。薄いビニールのようなもので周囲が覆われていた。私がはずしていると二階から降りてきていた村川隊長と谷本が一緒になって覗き込んできた。

鳥かごに入っていたのは体長が30センチほどの灰色の置物だった。頭部は黒い毛で丸く刈り込んで覆われている。チョンマゲを切られたサムライの剃り跡のようにきれいな富士額を描いている。その黒い綿毛は顎までの円形を端正にかたどっている。顔は身体に較べて白い綿毛が植え込まれている。その白い顔に黒くて切れ長の目があった。目は閉じられているが、黒い綿羽が、幼いペンギンの安らかに眠っている様を描き出していた。綿羽？

「これは、ペンギンの剝製じゃないんですか」

谷本は困惑した様子で周囲を見渡した。村川隊長は落ち着き払って言った。

「いや、これは剝製じゃない。生きているペンギンの雛だ。それも皇帝ペンギンの雛だ」

「皇帝ペンギンですか！　一体そんなものがどうしてここにいるんですか！　誰がどうやって持ってきたんですか。動物園から盗んできたんじゃないでしょうね。それにこれをどうする気なんですか？」

いくつかの目玉が私を見ていた。私はまだミレーリャのことを考えていたのだが、最早そんな状況ではないことに気付き始めていた。

「やばいですよ、こんなものを持ち込んじゃ！　南極条約に違反しますよ！」

志波原は奇声を発して知ったかぶりを発揮した。南極条約はペンギンとは無関係だった。日本語の分からないジョンだったが志波原のすさまじい反応に肩をすくめて私の横で呟いた。

「あの女は昨日の子だろ、なんであの子がペンギンなんか持ってきたんだ？　まさか南極に戻してやるつもりじゃないんだろうな」

うう、と私は呻いた。何ですか、昨日の女って？、と耳ざとくジョンの呟きを聞きつけた志波原が喚いた。この無神経な偽善者に、「客の誰かが置いていったこの雛の処置に困った毛糸屋の娘が、妹にクリスマスプレゼントをくれた日本人へこの雛を故郷に戻してやってほしいと頼んできたものらしい」と説明する気は毛頭なかった。

「一緒に連れて行く。南極に帰してやるんだ」

私はジョンに言った。

「重量オーバーですよ。もう一グラムだって飛行機に乗せられないんです」

志波原が再びそう喚き、それまで背後で成り行きを見守っていた麻布新聞の関谷カメラマンがここぞとばかり力強く頷いた。最初、ラス機長が我々に要求してきた重量は750キロだった。こちらには人員を含めて900キロの重量が必要だった。スタッフが相談の末、同行する予定だったビデオエンジニアをはずし、非常食糧や各人の装備も少なくした。その結果、重量は811キロまで減らすことができた。関谷カメラマンは持っていくフィルムの本数まで減らした。私の体重は62キロと平均体重より余程少なかったが、それでも本と原稿用紙を捨てた。残したのは手帳だけだった。ウイスキーは食糧の内だった。

重量オーバーだ、と喚き続ける志波原を私は少し離れたところに連れ出した。足取りがおぼつかない私を志波原は明らかに見下していた。

「君の身長はいくつだ」

「175ですよ」

「体重は」

「は、は、72キロ」

「82キロだな。あと二時間で5キロ減らしてやるよ」

　このアル中作家め、と軽蔑した志波原は息を大きく吸って2センチ上から私を見下ろした。鼻の穴が偉そうに開いた。私はスタッフから見えないように志波原の肩を抱いた。それから彼の延髄を押さえ親指を挿入した。彼は氷柱のように固まって棒立ちになった。

「催眠術じゃないぞ。だが聞こえてはいるが動けないだろう」

　志波原の右の手首をひねり、同時に仙骨の支点を右手の中指第二関節で突いた。彼の筋肉は弛緩し全ての体液は大腸を通過して肛門に注ぎ込むはずだ。この技を会得するまでに週三回、十四年間合気武道道場に通った。私はスタッフのところに戻った。そこには重い空気が沈殿していた。

　雛は灰色のフリッパーをぴったりと綿羽にくっつけて、諦観した一休さんのように鳥かごの中で直立していた。

「卵からかえってまだふた月くらいだろうな。この子は親から棄てられたんだな」

「棄て子なんですか」

　私の脳裏で光が激しく点滅した。そのひとつひとつの光の破片に、子供や老人の泣きはらした目鼻口や、憤った男たちの爬虫類に似た唇が映っていた。

　ああ、棄てられたんだ、と村川隊長は片膝を屈めて呟いた。私も両膝を床についた。屈むのが苦痛だったし、そうすると床の底が抜けていくような錯覚に陥る危険があった。

「雛を見離さないと親の方が死んでしまう。生まれてだいたい三月くらいは母親と父親が交互に足の上に雛を乗せて寒さから守り、父親の方が食道からミルクを出して与えるんだが、どちらかが採餌のときにゾウアザラシにやられたりすると待っている方の親は餓死寸前まで耐えた末、子育てを放棄してしまう。親はふらふらと餌を探しに海に向かうんだが、その親だって途中で餓死してしまうことさえある」

ドサッ、と背後で音がした。おい、どうした、と関谷カメラマンが床に前のめりに倒れた同僚のもとに駆け寄っていった。他のスタッフは一瞬はびっくりしたようだが、私が村川隊長の話に耳を傾けているので倒れた記者のことにはすぐに無関心になった。

「では棄てられた雛はどうなるんですか」と谷本が座りながら訊いた。大柄な谷本はほとんど野糞をしているような体勢になった。

「ブリザードの中をうろうろしながら親を捜すんだろうな。雛を寒さから守っている他の親の腹の下に潜り込むこともあるが、すぐに追い出されてしまう。そうやって雛は死んでいくんだ」

「ではこの雛はだれが持ってきたんでしょう」

観光船の乗客らがもの珍しそうに我々を遠巻きにして通り過ぎていった。ラス機長が来て十四名の日本人スタッフの後ろに佇んだまま耳を傾けていた。園山めぐみに付き添ってきたコーディネーターが通訳をしだした。

「この雛を誰が持ってきたのか、その目的は何だったのか分からない。ただ、チリの基地のある南極半島には皇帝ペンギンはいないな。昭和基地から比較的近い西ドイツのノイマイヤー基地のあたりでも見かけたことはない。皇帝ペンギンは地球上で最も苛酷な地域にコロニーをつくるんだ。すなわち、最も寒くて孤立した氷棚の上だ」

さすがに村川隊長は博識だった。

「イギリスのハレー基地から雪上車かヘリコプターに乗れば探し出せるかもしれないな」

不意にラス機長が言った。心なし、彼の頬は紅潮していた。

「勿論、私は行ったことがない。本で読んだだけだがあのあたりにもエンペラーペンギンの繁殖地があるらしい。現在確認されているだけでも南極には四十六ヶ所のエンペラーペンギンのコロニーがあるそうだ」

「このオヤジ詳しいな」

と六十九歳の隊長が言った。ラス機長は何故か頷いた。

「週に一便だけイギリスのハレー基地からプンタアレナスまで直行便が出ているらしい。仕事をしないかと誘われているんだが、どうするかまだ分からない」

「するとラス機長はカナダを出ることもあるわけか」と私は訊いた。彼は私を見下ろして少し甲高い声で答えた。

「そうなるかもしれない。私はカナディアン・インディアンなんだ」

ラス機長はそう言うと、雛を持っていこうというように片腕を振った。何だかよく分からなかったが、とにかく私は皇帝ペンギンの入っている鳥かごを持ち上げた。ふらついた私を村川隊長が支えてくれた。そのとき志波原に何をした、と隊長は小声で訊いてきた。

「『タイフーン流合気武道腹下し』という技をかけました」

「冗談だろ」

「劇画の中のタイフーンはホラ吹きですが、合気武道は本物です。やつの体重は二時間で最低5キロ減ります。しばらく便所に閉じこもることになるでしょう、そのときはペンギンの代わりに置き去りにしてやりましょう」

そう私は囁いた。村川隊長はカラス天狗のように鋭い顔になって笑った。

私は鳥かごを持っていったん自室に戻った。ペンギンの雛は冬眠しているかのように動かずにいた。部屋に暖房が入っていることに気付いて、私は出発の支度をする間、雛をベランダに出しておくことにした。

古ぼけた硝子戸を開くと、そこには陽の射さない古都が朝靄に埋まって遠くの空の果てまで広がっていた。朝靄の間から教会の塔が黒っぽい陰を引きずって暗い空に伸びていた。

少ない樹木の谷間を縫って灰褐色の煙がくたびれた屋根を覆い隠して低い山の方に伸びていった。海からやってきたカモメが冷たい風にあおられて滑空し、薄日にぶつかって翻ると港に向かって飛び去った。

するとと別のカモメがマゼラン公園のまばらに生えた樹木の中から灰色の空に伸び上がって羽ばたいた。そいつはホテルをかすめて飛んでくるとベランダを睨んでうるさい声で啼いた。鳥かごに収まったペンギンの雛は灰色の綿羽を風にそよがせただけで、あとは悟りきった地蔵さんのように身じろぎもしなかった。金色の輝きに包まれたその姿は、まるで拳を固めて佇む水子のようだった。

第二章

孤独

1

最初に目指したのは南極半島の一部であり、半島の入り口でもあるサウスシェトランド諸島のキングジョージ島である。

サウスシェトランド諸島キングジョージ島にチリのフレイ基地が置かれている。一泊してフレイ基地から同じチリの管理下にあるカルバハール基地まで飛び、しこたま給油してから次の英国のハレー・ベイ基地まで1650キロを飛ぶ。この長距離飛行が無事に敢行できるかが最大の関門だった。ハレー・ベイ基地から西ドイツのノイマイヤー基地、そしてそこから1200キロ飛んでようやく「あすか観測拠点」に到着する。

「南極・昭和基地空路開拓飛行隊」という仰々しい隊名をつけられた六人の派遣員は、勇ましさとはおよそ無縁の、ひとりのベテラン隊長と五人のアマチュアどもで構成されていた。さながら「はみ出し元越冬老兵と脂肪過多怨念記者、山男失格ディレクターにアル中作家」ご一行様ご来場の様相があった。

科学調査目的でも観光客でもないそんな不埒な連中の乗った二十人乗りのツインオッター号がドレーク海峡に墜落しなかったのは、カナダ人のパイロットの沈着冷静な操縦技術のおかげである。

後藤泰治郎カメラマンによると出発に際してはディレクターの谷本と麻布新聞の志波原巌の間で一悶着あった模様であった。「悪天候が予測されているのでラス機長が出発を順延したらどうかといっています」と村川隊長に谷本が相談していると、どこからか飛び出してきた志波原がいきなり出発すべきだと喚き出したという。その理由が「これは『麻布新聞東京本社百周年記念』事業なんだ。元旦に記事を載せるのが至上命令なんだ。それにあとのスケジュールが詰まっている」と言い張り、脱水症状で生命も危ぶまれていた私のことを案じた谷本に「ここに置いておけばいい。レポーターなんかいなくても何とかなる」とまで言い放った。当時の様子を思い出して四十五歳の後藤カメラマンは眉をひそめた。

「その偉そうな言い草にさすがにおれも頭に来たよ。谷本さんも顔色を変えてね」

今回の企画はテレビ麻布開局三十周年を記念して始められたもので、レポーター役がいなくては成り立たない、と声を荒らげて反論したという。

「ウイルスに感染したのはあの人のせいでしょう。どうしてもというのなら他の重症隊員と一緒に明日B号機で来ればいい。だいたい他人を殺しても自分が死ぬような人ではない。おれだって毒薬鍼みたいなものを首に刺されて腹痛を起こしたんだからね。油断できないやつですよ」と恨みのこもった目つきで呟いてから、それまで黙って聞いていた村川隊長に向かって「天気だって雲の上に出れば晴れるでしょ。不意の出来事なんてそう起こるもんじゃないと思いますよ」と親会社の権力を発揮して脅迫的に諭したという。

「ラス機長の決断次第だ」

静かにそう言って志波原を睨みつけた村川隊長の唇が微かに震えていたという。


志波原の脅迫じみた泣き落としに屈した形でラス機長は出発を了解したが、恐れていた不意の出来事は、離陸して一時間後に起きた。3400メートル上空で乱気流に見舞われたのである。私は最後尾の席に縛り付けられていた。脱水症と高熱で意識不明になる恐れがあり、椅子から転げ落ちないための処置であった。

「ラス機長のいう通りだった。気圧の変化で気流が荒れているんだ。南極では想定外のことが起こる。今から引き返した方がいい」

谷本が斜め後ろに座っている志波原を睨みつけた。谷本の後ろでカメラを抱いている後藤は念仏を唱えている。

「おじいちゃんがね、いつもいっていた。思い残すことがあっては死ぬに死ねないってね。いい女とシテおくべきだった。おじいちゃんは正しかった」

「後藤、女は無理だが志波原をぶん殴ってもいいぞ」

いきなり谷本は親会社の幹部候補記者に対して強気になった。十歳以上年下のくせに谷本を部下のように取り扱っていた志波原に対してキレたのかもしれない。仲間割れはいい兆候だった。

「これじゃあ、ドレーク海峡が撮れないよ。何も見えない」後藤が泣き言を言った。

「おい志波原、おまえシロナガスクジラが潮を吹いている映像が撮れるといっていたな」

「許してください。ぼくだって本社から命じられているんです。それに下痢が止まらなくて、あふ……」

志波原はそれまでのふてぶてしさが嘘のように気弱になった。

「出すなよ、いま出したら放り出すぞ。一時間で三回もやりやがって。バケツの中はおまえの糞で溢れ返っているじゃねーか。楠さんだって我慢しているんだ。やったら殺すぞ」

谷本は本気ですごんでいる。周囲のざわめきには無頓着だった村川隊長がいきなりバンザイをした。

「おおっー、揺れたぞぉー。元旦の記事が墜落記事になってしまうなぁ。おい、文豪、遺言でも書いておいた方がいいんじゃないか。ん、さっきから一生懸命何を押さえているんだ？」

　村川隊長が後ろの座席を振り返った。飛行機が不意に持ち上がり、次に胃が引き上げられた。不快な酔いに似たものが込み上げてくると次の瞬間には、尾骨が座席に刺さった。雲海の中を飛行機は数十メートル落下したのだろう。色気とは無縁の悲鳴や抑えた呻き声が寒々とした機内のあちこちから聞こえてきた。私は飛行機の床に置いた鳥かごを押さえるのに一生懸命だった。

「おう、ペンちゃんの雛だったな。あまり揺れるとショック死を起こすかもしれないな。それに機内温度がこいつには高すぎるようだ。エンジンがあるからな。人間が我慢できる程度の寒さじゃ何時間ももたないぞ」

　ガラガラ、ゴトゴト、キエーンと奇妙な機械音が響く中で村川隊長は錆のある声を張り上げて言った。

「はあ、そうですか」

異常気象に翻弄されて凧のようにくるくる回る飛行機の機内で私は皇帝ペンギンの雛が

入っている鳥かごを膝の上に置き直した。シートベルトをきつく締めた身体では、床に置いた鳥かごを押さえ続けることは到底無理だと分かった。それまでそうしなかったのは、あまり人間の臭いをくっつけてしまっては野生に戻したときに仲間からいびり出されるのではないかと危惧していたからである。うまく群れの中に戻って、母親を見つけることができたとしても、体臭が異なればこの雛は見捨てられてしまうだろう。

機内にはどこからともなく寒風が吹き込み、それが螺旋回転をして戻ってくるたびに気温が下がった。それが雛には救いになった。

それから二時間、私は時折懐に隠し持ったスキットルをこっそり取り出し秘蔵のスコッチウイスキーをぐびりとやって熱と下痢にやられておよそ廃人と化していた肉体に活を入れていた。志波原は時折後ろに頭を回して最後部に置いてある糞用のバケツを情けなさそうに見たがそのたびに私の拒絶視線に出遭い、ぐったりと頭を下げるのであった。私は下痢を治す療養法は修得していなかったが、誰かに即席ダイエットを施すのは得意技にしていた。志波原は毒薬を塗った鍼を刺されたと勘違いしたようだが、指先で首の急所と同時に臍を潰すと人は洗脳されて蠕動する大腸のとりこになってしまうのである。少しだが人間性も変化する。これは催眠術ではなく武田惣角以来の大東流の流れをくむ合気武道の技のひとつにある。志波原に出発前のホテルロビーで首の後ろに指を没入させるのは、猫が自分の足を舐めるほどに優雅なことだった。志波原は大学で合気道をしていたと自慢していたことがあったが、彼では「猫爪」の技を返せることは生涯ないだろう。

谷本も撮影隊の後藤ももうひとりの麻布新聞のカメラマンの関谷も雪を被った影のように静まり返っていた。何度か最早これまでかと思わせられる気圧の衝撃に当てられたが、飛び立ってからおよそ三時間後に無事にキングジョージ島に置かれたチリのフレイ基地内マルシュ飛行場というややこしい所に着陸した。

滑走路の雪は半ば溶けて岩石交じりの茶色い土が露呈していた。飛行機はその上をガタゴトと進んだ。やがて窓から外を見るといくつかのコンテナが見えた。その建物から日焼けした赤ら顔の人間が何人か出てきてこちらに向けて手を振っていた。その後方の小高い雪の積もった岩場に、子供用の燕尾服を着たようなペンギンが行儀よく横一列に並んでいた。「南極・昭和基地空路開拓飛行隊」と機体に書かれた文字に、ペンギンたちが感動しているようには見えなかった。

飛行機から最初に飛び出したのは機長の後ろに座っていた志波原だった。尻を押さえて勢いよく飛び出し、タラップに足をとられて横転し、ゲエッと呻き声をあげたがペンギンたちが面白がっている様子はなかった。

村川隊長が降りるのを待ってスタッフが順々に続き、最後に私は鳥かごを提げて三段あるタラップを降りた。そこからさらに飛行場のはずれまで行ってツインオッター号は繋留されるのだ。我々はラス機長とジョンを置いて手荷物を手にしてそこから乾いた硬い岩盤交じりの土の上を十分ほど歩いた。そこは南極半島の最前線らしくすでにひとつの村を形成していた。郵便局もあれば教会のとんがった塔も目に入った。観光客相手の売店の前を通り過ぎてフレイ基地の中心部とおぼしき建物まで行くと、村川隊長と握手していたチリ人のひとりがこちらを振り向いて鳥かごに目をやるとおやという表情をした。空には怪しげな雲がうねっていたが気温は零下になっている感じではなかった。これではこの雛には暑すぎるのではないかと思った。飛行機の揺れと機内の温度にやられた雛は鳥かごの中で衰弱しているのが窺えた。

「村川隊長、この雛に向く気温はどれくらいなんでしょうか」

チリ人と話していた村川隊長はうんと頷いてから遠くの山に視線を向けた。

「この男に皇帝ペンギンのことを尋ねたが何も分かっていなかった。イギリス人なら分かるかもしれないというんだ。ここにいるチリ人はこのマルシュ飛行場を管理するためにいるんだ。気象観測もするがペンギンに関しては完全におかど違いだ」

「あれはジェンツーペンギンですね」

雪の溶けた岩石の小高い丘に佇んでまだこっちを眺めているペンギンたちに目を向けた。

「ああ、ジェンツーペンギンだ。人間をあまり警戒しないな」

村川隊長は即座に答えた。

強い風に飛ばされた雲が切れるとそのペンギンたちの胸の白さが輝いた。七年前、乗っていた観光船からゾディアックに乗ってパラダイス湾に点在する小島に上がると、体長7、80センチのジェンツーペンギンたちは肥えたスエーデン人の医師の妻を除いていつでも私たちを歓迎してくれた。デブ妻は相撲取りからさえ敬遠されるようなどでかいケツを、せっせと小石を並べて巣作りをしていたペンギンの巣の上に落として、怒ったペンギンたちからさんざん突かれていたものだ。今頃はアドバルーンのように脹れあがって脂肪の海に溺れていることだろう。

「このあたりにやつらのコロニーがあるんだろう」

「あの中にこの雛を放した方がいいんでしょうか」

「死ぬだろうな」

「だめですか」

「ジェンツーペンギンは他のペンギンと較べてよそ者が紛れ込んできても追い払ったりしないが、餌まで分けてやることはない。この雛ではまだ餌がとれない。育てるやつもいないだろうし、第一適正気温じゃない」

どれくらい寒ければいいのかと訊こうとしたとき、先にコンテナの建物に入っていた谷本が戻ってきて、中にロビーがありますからコーヒーでも飲んで休まれたらどうですかと言ってきた。村川隊長は頷いてから私が提げている鳥かごの中の雛を見下ろした。

「まず、餌だ。雛用のペンギンミルクを作ることだな。とりあえずこいつも飛行機に酔ったようだから風のあるところで休ませておいた方がいい」

私は氷海から吹いてくる風の通り道に耳を向けた。さらにまだ雪の残っている建物の陰になっているところを探し当てて鳥かごを置いた。雛は項垂れている。私の背中を冷や汗のような重い雫が垂れていく。鳥かごの向こうに突起した岩山がいくつか点在していた。海に屹立する氷山が遠くに望見できた。湾を挟んで雪をかむった半島が長く伸びている。

――ペンギンミルク、か。一体どうやって作ればいいのだ。

コンテナ造りの建物の中はホテルになっていた。ここはチリ国内そのままにスペイン語読みで「オステリア」と呼ばれていた。チリの外務省の管轄で一泊三食つきで200ドルだという。ペンギンの雛に与えるミルクを作るためにロビーにいた連中に訊いて回る内、色々なことが分かった。まずフレイ基地はマルシュ飛行場を維持するために造られたこと、ここの売店ではチリペソも通用するが、フレイ基地に隣設するソビエトのベリングスハウゼン基地では何故か米ドルしか使えないこと、ウルグアイのアルティガス基地は小さいが機能性に富んでいて、美人の気象観測員が夏の間は来ているから見学に行くとよろしいこと、このキングジョージ島には他にもブラジル、ペルー、アルゼンチン、チェコ、中国、韓国の基地があり、気象観測や生物研究をする非武装地帯ではあるが、非武力戦争の最前線基地であることは認識しておくことなどを小一時間の間に私は学んだ。ここには各国から派遣された越冬隊員が百七十名ほどいるという。子供も二十人以上いて小学校もある。しかし、皇帝ペンギンの雛のミルクを作る方法は誰も知らなかった。ただ、海洋生物を研究している中国人がペンギンは魚介類、イカ、オキアミを咀嚼して食道から分泌する物質を雛に与えるのだと教えてくれた。そう教えてくれたが南極洋にいる小魚やオキアミは分け与えてくれなかった。私も皇帝ペンギンの雛を隠していることを言わなかった。

夕方まで私はミナミゾウアザラシがハーレムをつくる海岸を散策してオキアミや小魚を拾い集めた。日本のある食品メーカーではエビの代わりにオキアミをエビせんべいに入れて商品化していると聞いたことがある。海から生きているオキアミや小魚を探し出すのは不可能でそれらしきものを砂の中から掘り出した。それらを合成してペンギンミルクを作るつもりで寒風の中あれこれ試してみたがどうも要領を得ない。ここはアザラシの雌からお乳を分けてもらおうと近づいていったが、体長が5メートルもあるような牡が体をでんぐり返しながら雄叫びを上げるのであきらめてオステリアに戻った。そこで少量の牛乳をもらい生魚の肉やエビらしきものを潰したものを混ぜて小さなプラスチック製の器に入れた。建物の裏に行くと鳥かごに収まった雛は灰色の毛に包まれた細い体を風に震わせて目を閉じて立っていた。抱きしめたくなる思いをこらえて鳥かごの碁盤の目を通して針金に載せた自家製のミルクを雛の口元に持っていった。

雛は嘴を固く閉ざしたままだった。私は器に入れた餌を鳥かごの中に入れて立ち上がった。こいつが猫だったら温かい部屋の中に入れてやれるのにと思った。オステリアに滞在していたポーランド人観測員のひとりから、南極には七種類のペンギンがいるが、その中でもエンペラーペンギンとアデリーペンギンはとくに極寒冷地に棲息するのだと聞かされた。ことにエンペラーペンギンは零下十五度以下で生きられるように体が作られており、それ以上の気温があるところでは反対に体温調節ができずに酷暑に苦しめられた末に死んでしまうという。そんな彼でも雛が好むペンギンミルクの作り方は知らなかった。

雛の入っている鳥かごを置いて建物の陰から立ち上がると、そこに斜めに雪が降ってきた。それでも空の一部はブロッケン現象という太陽が渦巻いた雲に覆われて光をとぎれとぎれに発する現象が起きている。見ている内に身体が震えているのに気付いた。熱がまだ下がりきっていないし、断続的に嘔吐感に襲われる。生魚に棲息していたウイルスは想像以上に生命力があるようだった。私はふらついた足で雪を踏みしめた。オステリアに戻ると汗をかいていた。部屋に入りアノラックを脱いでベッドに倒れた。明日には南極半島の付け根にあるアデレード島に向かうことになっている。気象条件はここよりずっと厳しいはずだった。今夜はブロッケン現象が消えれば吹雪になることが予測された。それは飛行隊にとっては不吉なことだったが、皇帝ペンギンの雛が一晩を過ごすには都合のよい悪天候になるはずだった。盗むやつもいないだろう。

夕食のあと暖房の効いた良質の山小屋のような部屋でウイスキーを呑んでいると窓の外を雪交じりの強風が叩いた。夜半になると風速20メートルを超すブリザードになった。建物の陰で佇んでいる雛を思った。

「コドク、頑張れよ」

私はいつの間にかその雛に「コドク」という名前をつけていた。

2

朝はまだ吹雪いていた。五時前に目を覚ました私はアノラックを着てオステリアを出た。外気の温度は零下八度で白夜はそのまま空に張り付いている。

コンテナ式の建物の裏に置いた鳥かごの中に、雛は昨日別れたときのままじっと佇んでいた。雛は灰色の綿毛を着ていたが雪が積もって白くなっている。頭には黒いだるまさん模様の月代に似た毛を生やしているはずだが、そこにも雪が付着して瞑想している雪だるまのように達観した様子になっている。氷海から風が吹き付けてきて、白い顔の中にある黒い綿毛で縁取られた細い目を細かく震えさせた。

フリッパーと呼ばれる翼はまだ幼く、雛の脇の下から横腹を覆ってはいるが、まるで紙を重ね合わせて作った折り紙状の腕のようで、色も胸の綿毛より薄い灰色で何だか今にも飛ばされてしまうほど頼りない。この雛が海中を泳いで自ら小魚やオキアミを採餌できる日が果たして来るのだろうかと不安になった。どこかでそれまで生きていられるわけがないだろうという正直だが酷薄な囁きが聞こえてくる。

鳥かごに入れた餌用の小さな器にも雪が降り積もっていた。鳥かごから器を取り出し雪を払うと表面が凍りついた餌が出てきた。少しも減っていなかった。予想していたことだが、落胆した。写真で見た皇帝ペンギンの雛は寒冷地仕様になっていて、もっと胸に肉がついている。その愛らしい表情ゆえに雛の写真は世界中のポスターに使われているが、いま目の前で震えている雛はそれらより体のつくりがずっと華奢で、背丈もなかった。やはり充分に餌を与えられない内に親から見捨てられたのだろうか。

暖かいオステリアの中に戻り、朝食をとってからラス機長とジョンのあとについて撮影スタッフと共にツインオッター号のところまで行った。鮫の目玉ほどもある雪が斜めに降っていた。

あたりに雪は積もっていたが、気温が高いため滑走路は岩石が剥き出しになっていた。車輪にはスキー板が取り付けられているが、着陸時は積雪がなかったのでスキー板は引っ込められていた。

「これくらいならスキー板は使わなくても離陸できるだろう」

そうラス機長はジョンに言ってからスタッフを見回して白い顔に微笑みを浮かべた。インディアンというのは浅黒い肌をしているものだと思い込んでいた私は、ラス機長の白人よりなめらかで白い肌を見るたびに、フランス人がインディアンに化けているような気がして落ち着かなかった。フランスという国は好きだがフランス人は好きになれずにいた。

十時近くになって雪がやんだ。チリ人のマルシュ飛行場のスタッフが燃料タンクにガソリンを補給している間、日本の撮影班は荷物を積み込み、エンジニアでもあるジョンはスキー板を点検し、村川隊長は飛行ルートを再確認していた。私のやることは空になったスキットルに瓶入りのバーボンウイスキーを移しかえることと雛の入った鳥かごを守ることだけだった。志波原が一度だけこの雛は何キロあるんですかねと嫌みったらしく訊いてきたので、たった１キロと３００グラムだ、てめえの腹の肉を５キロ切り削げば重量制限より3キロくらい軽くなると囁くと、何度か恨めしげな視線を雛に送っていたが、口に出して文句を言うことはなかった。

常人にはにわかに信じられないことだろうが、志波原は本気でペンギンの雛をどこかに置き去りにしようと狙っている。ペンギンそのものを憎んでいるというより、作家である私個人を悲嘆と悲しみの奈落の底に突き落としてやりたいというひねくれた性格のせいかもしれない。その人を苛む性癖が幼いペンギンに向けられている。実際、ヘンな男だった。初めての顔合わせのとき、IQ自慢をしたあとで、あからさまに私を蔑んだ目つきをして、「ぼくは作家という人種を信用していないんですよ」と言い出した。人種、という言葉遣いを耳にして私は目の前に佇んだ男の正体を垣間見たと思った。そのまま聞き流したのだが志波原はしつこく食らいついてきた。

「作家の書くものは全て虚構でしょ。それって無用じゃない」

それがおれの仕事だ、と私は十歳年下の記者に応じた。

「そうですか。ぼくは事実しか信じないですね。それを書くのがぼくらの商売だから」

「事実を捏造してスクープにしたやつもいただろう」

私は沖縄に行ったときはゴルフの他にダイビングをやることにしている。美しい珊瑚礁に群れる色彩鮮やかな小魚たちを眺めるのが楽しみだった。その珊瑚礁にナイフを突き立てて文字を彫り、あたかも無慈悲な観光客が傷つけたかのように写真を撮ってスクープ記事を捏造したのは麻布新聞の記者だった。

「あれはカメラマンのしでかしたことで、単なる遊びですよ。もうクビになったし、関係ない」

「だが会社の体質は変わらない。スクープを助長しているじゃないか」

「楠さん、喧嘩を売っているんですか」

　ふいに志波原は息を大きく吸って胸をふくらませると、鼻腔を広げて私を見下ろした。小鼻に吹き出物ができていた。

「ぼくは東大で合気道をみっちりやっていたんです。分かりますか」

　こいつは明らかにこちらを挑発していると感じた。私は彼に聞こえるように呟いた。

「バカにつける薬はないな」

　私はいやなやつに対しては普段は無視することに決めているが、この限定された旅行では徹底的に天敵になることにスイッチを入れ替えざるを得なかった。相手があからさまに敵意を剝き出しにした以上、こちらも積極的に防衛をする必要があった。それにしてもこいつらは見ているだけで反吐が出る。

　学生時代に左翼活動をすることが正義だと思い込み、そのくせ命を張る覚悟もないままマスコミ界に入り、公平ぶった論調を紙面に展開しながら、その実中国の宣伝媒体と化す。その一方で社内権力を握ることだけに命運を注ぐ卑しいやつら、それが大手新聞社の幹部連中だ。その下の次長、課長クラスでは嫉妬、差別、陰謀を胸に秘め、反米思想もポーズだけで、ただ政策に対して批判をしてみるだけの紙面づくりにいそしむ。実際にやることといえば、官庁、与党への顔つなぎと、上役へのおべっかをつかっての管理職争奪競争のあけくれだ。日本のマスコミには官僚権力に対する根本的な批判精神などない。あるのは記者クラブを温存し、官僚から与えられる情報をありがたく受け取るギルドシステムを守ろうとする共同保身だけだ。その連中のシモベとなり、出世欲だけに取り憑かれて他者を踏みにじっているのが社会部記者の志波原巌なのだ。作家という私へのわけの分からない敵愾心も歪んだ出世欲が生み出したものかもしれない。笑い話ではすませられないのは、こいつの陰湿な偏見のせいで私は脱水症状からあやうく心臓麻痺を起こしかけたことだ。しかし目の前にいる殺人狂の偽善者を許すほど私は間の抜けた好人物ではない。

3

「ウイスキーを注文したのは誰かしら」

鳥かごを提げて、荷物を機内に運び込んでいるスタッフを眺めていた私の背後から、きれいな英語で喋る女の声がした。南極での女の声は珍しいのでスタッフは手を止めてこちらを向いた。私も振り向いた。絶世の美人ではなかったが、雪の中が似合う顔立ちのすっきりとした三十歳くらいの女が眼鏡の奥で薄笑いを浮かべて立っていた。手にバーボンウイスキーを携えている。私だ、と言って腕を伸ばすと女は反対に身体を斜めに後ろに引いた。白い歯がこぼれた。

「そこに入っているのはペンギンの雛でしょ」

私は頷いた。ちょっと、と言って女がウイスキーを持ったまま歩き出したので私はあとに続く形になった。教会の前で立ち止まった女は、ためらいなくドアを開けて中に入った。いきなり荘厳な雰囲気に囲まれた。髭を生やしたキリストの絵が壁に掛けられており、隙間にマリア像が描かれている。カトリックではマリアは神様ではないが、信者からは愛されている人物なのだろう。女が眼鏡をはずせばマリアに似ている気がした。私の宗派は信者がひとりだけの三十郎教であるが、この一瞬だけはカトリックになってもいい気分になっていた。

「今朝から子供たちがペンギンの雛を盗んだニッポン人がいるって騒いでいたわ」

「盗んだんじゃない」

「分かっている。その子はエンペラーペンギンの雛でしょ。フレイ基地にエンペラーペンギンのコロニーはないわ。どこから持ってきたの」

「プンタアレナスだ」

「どこへ持っていくつもり？」

「この子が生まれた場所だ。そこで何者かに盗まれたんだと思う」

女は頷いた。私は女の着ている薄手の赤い防寒着から突き出ている胸に目をとめた。細い身体の割にでっかいおっぱいをもっていやがると感心していたのだった。女は私の視線に気付いたのか、細かい皺を眉間に立てた。少し落ち着きを失ったように見えた。

「多分イギリスのハレー・ベイ基地近くから持ってきたのね。親からはぐれていたこの子を助けようと思ったんだと思う」

「ハレー・ベイ基地までもつかな。この餌を与えたが食べない。それにここらの気温はエンペラーペンギンには温度が高すぎると聞いたんだ」

女は鳥かごの中の雛に鋭い視線を当てた。そのまま数秒たった。

「この餌はあなたが作ったの？」

「そうだ。ペンギンミルクのつもりで作った。小魚を潰したものとオキアミを混ぜて入れてある」

「ダメ。雛は父親が胃で反芻したスープ状の温かいものを食べて育つの。冷たいものはもう少し大きくなって自分で海に潜ってとるようになってから」

「ではこのままでは餓死してしまうのか」

「雛ではそうなるでしょうね。親なら二ヶ月くらいは雪だけで過ごせるけど……この子、小さいわね。エンペラーペンギンの雛は八月末には孵るからもう十六週間はたっているはずなんだけど、まだ生まれて五週間くらいにしか見えない」

そう言ってから女は私を見た。視線の高さがそう変わらない。女が何を言おうとしているのか分からないまま、女の目の奥を探った。すると灰青色の瞳に光が走った。誰かがドアを開けて入ってきたのだ。

「楠さん、B号機が到着しました。園山めぐみさんとの南極での出会いの挨拶と別れのときを撮りたいんですが」

わけの分からないことを谷本が遠慮がちに言った。ちょっと待ってくれと私は返事をした。谷本は出ていかずにドアの前で立っている。

「この雛は何としても生まれた所に戻してやりたい。それにはどうすべきか分かるか」

女は思案顔になった。

「あなたが作るミルクをペンギンの親の嘴から吐き出したものと同じ温度にしてやること。

それからこの子は昨夜凍死するところだったわ」

「しかしエンペラーペンギンは零下十五度以下でないと育たないと聞いたんだ」

「親はね。でも雛は皮下脂肪がなくて断熱もできないから親の足の上で育つの。お腹にもぐり込むわけ。抱卵嚢(ほうらんのう)に隠れるの、寒さを避けるために」

「ではペンギンはなぜ寒いところに生きているんだ」

女はちょっとあきれたように目を広げた。

「南極には天敵がいないから」

「それだけか？　寒いところが好きなんだと思っていたよ」

「ペンギンはホメオサーマル・アニマルなの。だから臨界温度は人と同じ。38度。氷の人形じゃないのよ」

「ホメ……ホメちゃん？」

「ホメオサーマル・アニマル」

恒温動物、という英語がすんなり出てくるところはただ者ではない。戸口の前では谷本が両腕を三角形に伸ばして茹だったイカのように踊っている。チリの女は谷本に背を向けてすました顔で喋っている。

「大人のペンギンは綿羽も生えているし皮下脂肪が蓄えられているから寒くても体温調整

ができるけど、雛はそうじゃない。生まれて一、二週間の雛だったら数分間外気にさらされただけで凍死してしまうこともあるし、脱水状態で死ぬこともある。この子だってあのままブリザードの中に置いておけば餓死する前に凍死してしまうところだった」

「凍死することは考えなかった」

「ストーブで温めては死んでしまうけど、外気温が零下十五度以下の雪の中では凍死してしまう」

「あんたならどうする？　ところであんたは誰なんだ」

「イネスよ。ここの学校の教師よ。専門は生物」

「では雛の育て方も分かるな。その胸で温めるというのはどうだ」

イネスは大きく脹らんだ目で私を直視した。それから思いついたように眼鏡をはずし、白い布でグラスのくもりを拭った。俯いた女の睫毛が長くきれいにそろっていた。

「面白いことというわね」

眼鏡をかけ直したイネスは教師の顔に戻っていた。男を知らない尼僧のようにも思えた。

「この子を護るのはあなたの使命。コロニーに戻すのはあなたの役目。親のお腹の代わりにウシャンカを鳥かごの中に置いたらどうかしら。寒いと感じたらこの子が自分からもぐり込むかもしれない」

私は首を傾げずに聞き返した。

「ウシャンカたあ、何だ」

「ロシア帽子よ、耳あて付きの。コサック帽でもいいわ。あなた偉そうな口をきくのね」

「ありがとう。参考になった。帰りにまた会えるといいな」

私は鳥かごを提げて谷本の待っているところに戻った。女もあとをついてきた。外には冷え冷えとした日差しが広がっていた。

「ロシア帽を手に入れたいんだ。売店で売っているかな」

「ロシア帽ですか、どうかなあ」

谷本は浮かない顔になった。

「ウシャンカならわたしがひとつ持っている。ロシア人からもらったものだからこの子にあげるわ」

唐突にイネスが大声を出した。谷本はのけぞった。

「あの人、日本語が分かるんですか！」

谷本はほっておいて私はイネスに顔を向けた。

「もらう。一緒に行くよ」

「あなた名前は？」

初めて疑問形で尋ねてきた。サンジュゥウローだと私は答えた。

「サンジューローはここで待っていて。すぐに持ってくる」

イネスはようやく私にウイスキーを差し出すと、長い脚を雪の上で滑らせて小走りに宿舎に戻っていった。赤いアノラックが雪の中で鮮血のように鮮やかに舞った。

4

滑走路には悪天候を避けたツインオッターB号機が一日遅れで到着していた。A号機に乗り込む村川隊長と私を女性レポーターが見送るところをB号機のカメラマンが撮影した。彼女はフレイ基地のオステリアに滞在し、そこを拠点にあちこちの小島を回り、ペンギンやアザラシ、植物をレポートすることになっている。その女性レポーターは、私がペンギンの雛の入っている鳥かごを提げているのを出発間際にめざとく見つけて、わっ、それはなに？　と訊いてきた。撮影されては困るので私はフェイントをかます必要があった。それでとっさに彼女を抱きしめたのでスタッフの関心はそちらに移り、レポーターの彼女もどさくさでお尻を触られたことにも素知らぬ振りでいた。雛はスタッフの注目を浴びることなく無事、機内に持ち込まれた。彼女の臀部は段ボールのような何か分厚いもので包囲されていた。あれは何だったんだろう。

A号機は飛び立ち、昨日とはうって変わって快晴の空を750キロ飛んだ。眼下に氷山が望めた。高さが数百メートルもあるという棚氷が陸地から離れてのったりと漂っている。雲の下を飛んでいるので海と氷山の織りなすゆるやかな時の流れが、悠久の時空を経て人間の目に鮮烈な眩しさと共にのめり込んでくる。燃料を無駄にしないようにするため機内は暖房を止めていた。そのため酸欠状態になりバーボンを呑むとすぐに眠りに没入した。

「おい文豪、着陸するぞ、雛は大丈夫か」

そう言って村川隊長が後ろを向いた。大丈夫ですと寝ぼけて答えた私はあわてて足の間に挟んでいた鳥かごを手にした。中にはイネスからもらったウシャンカ帽子を入れてある。雛はその中にもぐり込んでいた。私は床に落としていた本も一緒に取り上げた。彼女はウシャンカ帽子と一緒にこれを読んで勉強しなさいと言って一冊の本をくれた。「ペンギン――地上最強の動物」。デイビッド・サロモンの著作本をペンギン初心者用にまとめたものだ。写真入りで400グラムの重さがあった。

南極半島の付け根にあるチリのカルバハール基地は雪で覆われた雪原になっていた。時刻は二時四十分だった。フレイ基地とはうって変わってさびれた基地だった。それでも八人のチリ隊員は上機嫌で日本隊を迎えてくれた。ベッドも木製の粗末な二段ベッドだが我々のために空けておいてくれた。着くとさっそく隊員が料理したチリ料理を出してくれた。バカにサービスがいいな、と谷本に言うと充分に謝礼をしていますからね、彼らにもおみやげを持ってきているんです、と小声で答えた。ここでは一晩だけ泊まり、明日は最大の難関である英国ハレー・ベイ基地に向かうのだ。その距離1650キロ。半島から大陸に向けて横断する。無論日本人がその空路を飛ぶのは初めてのことだ。そのため燃料タンクはいっぱいにしておく必要があった。ひとつのタンクに55ガロン入る。

遅い昼食後、スタッフはタンク十四本にガソリンを手押しポンプで注入した。機内には五本の補助タンクを入れた。まだ体力が充分に戻りきっていないまま、見栄を張って手伝った私はへとへとになった。ゴルフクラブより重いものは久しく持ったことがなかった。

「まいったな」

「まいってます。これ一本で十八万円もふっかけられました」谷本は泣きべそをかいている。

「そうか。テーマが違うがまあいい。志波原の姿が見えないな」

「原稿を書くとかいっていました」

チリの錆び付いたコンテナ内には志波原巌の姿がなかった。もしやと思った私は裏の岩場に隠して置いてある雛のところに行った。そこに青いアノラックを着た背中の広い男の姿があった。鳥かごを開けてペンギンの雛に腕を伸ばしているのが目に入った。手袋が雛の灰色の首を絞めたように見えた。「殺すな！」叫ぶと私は雪の上を泳いだ。振り返った志波原の手に雛がぶら下げられていた。ようやくたどりつくと、弁解の機会も与えずにやつの股間を頑丈な登山靴で蹴り上げた。ギャッと喚いて志波原は仰向きに倒れた。すかさず咽を打つと敵の顔は半分歪んで首が曲がった。

「この子を護るのはあなたの使命」というイネスの声が聞こえた。雛は鳥かごの前で前のめりに俯いていた。死んでいるように見えた。手袋を脱いで直接雛を手に取った。綿毛の下にひよこを握ったときのような細い骨の感触があった。

雛を静かにアノラックの内側に入れて外から抱かえた。まるで濡れそぼった縫いぐるみのようにしぼんでいた。佇んでいるのがつらくなり、雪の中に沈みかけている志波原の腹に座って息が整うのを待った。

どれほどの時がたっただろうか。不意にアノラック内側で私の腹がくすぐられた。そっとファスナーを開けると黒い頭が出てきた。白い綿毛の顔が続いて覗いた。濃いアイシャドウに縁取られたような黒い目が外の光の中でびっくりしたように開いた。深い緑と黒色の混じった美しい瞳だった。雛は数秒の間、頭をアノラックのファスナーの開いたところに置くようにしていたがまた下げると黙考したように目を閉じた。生きている。胸が熱くなった。

器に入れた手製のペンギンミルクは、燗酒を意識して温めたにもかかわらず少しも減っていなかった。すぐ近くの雪に覆われた岩場や海に面した雪原にはたくさんのアデリーペンギンがいたが、その群れの中にこの雛を入れる気にはなれなかった。危険すぎた。卵から孵ったばかりのアデリーペンギンの小さな雛はまだ親ペンギンの短い両足の中に隠れている。その親はこの皇帝ペンギンの雛に餌をやる前に追い払ってしまうことだろう。私は空の鳥かごを右手に提げ、雛をアノラックの外からそっと抱きかかえて小屋に向かった。

30メートルほど離れた雪に覆われた岩場では、若いペンギンたちが行儀よく並んで海に飛び込む順番を待っている。餌をとるわけでもないようで、ただみんなで遊んでいるのだ。時折盗賊カモメが舞い降りてくると、元気のいい者は飛べない翼のフリッパーを後ろに引いて盗賊カモメに胸を突き出して追い払った。

小屋の前まで来ると私はアノラックの内側から慎重に雛を取り出した。私の臭いがこの子に付着しないことを願った。鳥かごの中に入れると雛は弱々しい足取りで半周した。

小屋の中はヒーターが入っているので雛とはいえ熱すぎるだろう。ひとまず、小屋の入り口の脇に置いた。そこは風さえ吹かなければ零度くらいの気温だった。私は鳥かごの周囲を雪の上に放り出されていた機材で囲った。雛の足元にはウシャンカが半分折れて倒されていた。その形を三角錐に整えてから私は小屋に入り、チリ人の隊員に皇帝ペンギンの雛を入り口に置いてあることを教えた。気のいい彼らはその雛の遊び相手を連れてくると言ってすぐに小屋を飛び出し、一羽の若いアデリーペンギンを捕まえてきた。ペンギンは目を剝いてびっくりしている。

「友達はいらない。ノン、アミーゴ」

彼らは落胆する様子も見せずに笑いながらアデリーペンギンを放した。ペンギンはフリッパーを後ろに向けて首を鶴首に曲げ、畏れ入った様子で小走りに歩き去っていった。

「ペンギンに触るんじゃない」

二十六歳の若いコマンダーがそう隊員を叱った。彼はセルジオ・レイエス・サラザールという名前だった。晩飯後は卓球大会だと彼は上機嫌で言って親指を突き立てた。

「あれ、志波原はどこに行ったんだろう」

麻布新聞の同僚の関谷がそう言ったのは夕食の用意が粗末なテーブルに置かれているときだった。あれからすでに二時間近くたっている。私はペンギンミルクの作成に余念がなかった。スタッフが何事かばたついていたが志波原のことなどすっかり忘れていた私はそのまま素知らぬふりをすることにした。しばらくすると青ざめた志波原が関谷と後藤に抱きかかえられて小屋に入ってきた。氷のようです、凍死しているのかと思ったんですよ、とそれぞれ村川隊長に報告している。隊長はこちらを振り返って口元を歪めたが何も言わなかった。代わりに関谷に向かって、不注意なやつだな、ここでは何もかも自分でやらなくちゃならんのだよ、熱湯でもぶっかけておけ、と言った。志波原の唇は青黒くなっていた。眼鏡の奥からギョロリとした目玉がピンポン玉のようになって剝き出してくる。その形相は妖怪映画向きだった。あるいはフランケンシュタインの不出来な甥っ子のようでもあった。

5

高熱を発して唸っている志波原を除いて、炒めたイカをつまみにチリワインを吞みながら四名の日本隊とふたりのカナダ人は米が主食の夕食を食った。あとから三名のチリ隊員が加わると座は一気に国際友好の場と化した。彼らは自分の持ち物の中から絵はがきや毛糸帽などを持ち出してきて物物交換を提案した。私はスコッチウイスキーをスキットルから別の容器に移してテーブルに置いた。バーボンならここの基地にも置いてある。

「おい文豪、あんたはスコッチをどこに隠していたんだ」

酒好きの村川隊長は深々と匂いを吸い込むと太い溜め息を吐いた。この人は第二次越冬隊副隊長として1957年に昭和基地に来たとき、真っ先にヘリコプターから大量のウィスキーを降ろしたことで第一次越冬隊員の不興をかった。結局その年は氷が厚いため「宗谷」はオングル島に近づけず、かろうじて一年間を閉ざされた基地で生活した十一名の第一次越冬隊員だけをヘリコプターで「宗谷」に運んだ。タロ、ジロを始めとする犬ぞり用の樺太犬たちは氷原に鎖につながれて置き去りにされた。餓死か凍死することを見込んでのことだった。第三次越冬隊長として昭和基地に来たとき、ヘリから氷海を見下ろした村川隊長は小さく動く黒い物を見て、最初はアザラシかなと思ったという。

「だがね、アザラシにしては動きが速すぎる。何だろうと思ってさらに近づくと二匹の犬だったんだ。降りたら飛びかかってきた。こっちもまさかあの犬が鎖を解いて一年もこんな氷の中で生きていたとは思わなかったから、嬉しかったね。うん、嬉しかった」

初めての会合のあとで村川隊長はそう言っていたものだった。だが、やはりウイスキーの積み荷が一年前のときのままで雪の中に埋没していたのを発見したときの方が感動は大きかったようだ。六十九歳になった今もクールで独特のダンディズムを保持している。三十年後、私は村川隊長のように日焼けした顔が似合う男として生きていられるか疑問だった。拘置所で冬を過ごしている可能性の方が高いのではないかと思う。そうなったとき、家族はどうなるのだろう。

夕食後、日本人スタッフが休養を取っている間、私はチリ隊の通信隊員のヘルマン・サリナス・ネイラからもらったコンチャ・イ・トロというワインを腕の脇に挟んで外に撮影に出た。肩から下げた白いステンレス製のカメラボックスには70ミリと125ミリのレンズが入っている。南極で撮影したものを銀座のキヤノンアトリエで展示する予定をたてていた。悪巧みにかけてはぬかりのない作家は、次にはカメラマンとしてデビューできるように転職の準備をしていたのである。カメラは当然キヤノン宣伝部からもらいうけたものだった。

外は灰色に満ちていた。上を向くと所々に覗いた薄い青空の下に雲が垂れ下がっている。戸口脇の鳥かごの中にいる雛は、イネスが与えてくれたウシャンカに頭と体を突っ込んで短い足を縮めて佇んでいた。私はまず温かい特製のペンギンミルクをその足元に置いた。それから35ミリレンズで数枚の写真を撮ったが雛はまったく動かなかった。それでもちゃんと生きているのは分かった。雛の呼吸が感じられるのだ。雛を置いて小屋を離れた。

氷海を前にすると遠くの水面と空が接するあたりに雲が降りてきた。ゆったりと空を流れる雲に今度は虹が長い尾を引いて映った。三重になったその虹は中央の赤色が、その外側にある黄色と橙色に挟まれている。雲のうねりに沿ってさまよう虹はまるで白夜のオーロラを見るように艶っぽかった。

海に面した切り立った氷の崖にはもうアデリーペンギンの姿はなかった。海には平たい氷が浮いている。巨大な棚氷からはがれたものがちりぢりになって流れているのだろう。午後八時の空は燃え尽きた陽光で薄められて、白っぽい光を腹に含んだ灰色の雲が、半島の果てまで広がっている。海には尖った氷山が浮き、海峡を挟んで雪山が連なっている。ほとんどのペンギンは巣に戻ったが、それでもまだ数羽のペンギンが見事なドルフィンキックで海面を泳いでいく姿が目に入った。私はキヤノンに125ミリのレンズを嵌めてシャッターを押してから、雪の上に腰を下ろしワインを呑んだ。気が遠くなるほど冷たくて心地よい液体が咽を通って胃に落ちてくる。

三口目を呑もうとして、手を止めた。百メートルほど離れているので正確な大きさは分からないが、二十平方メートルほどの小さい氷の浮き島に三羽のペンギンが立っている。それぞれが首を伸ばして海面を探っている。フリッパーを斜め横に伸ばして時折泳いでくるペンギンを覗き込んでいるが泳ぎを止めるペンギンはいない。若いペンギンたちは餌をたらふく食って早々にねぐらに戻ろうと急いでいるのだ。浮き氷に佇む三羽はどうやら仲間を待っているらしい。仲間がヒョウアザラシに襲われたのではないかと心配しているのだ。

その内の一羽が勇気をふるって海に飛び込んだ。すると残った二羽もあとに続いた。三羽は半島に帰ってくる他のペンギンに逆らって泳いでいく。どうやら戻ってこない仲間を捜しに出たようなのだ。

　沖から泳いできた一羽のペンギンが仲間に気付いた。声をあげると迎えに出た三羽が仲間を囲んで一度だけ周回した。それから四羽は仲良く空を飛ぶように海面を泳いでいった。百メートルを三十秒で泳ぐというスピードに乗った気持のよいキックが海面を叩き、上体がもぐり込む。私は急いでシャッターを押し続けたが、五枚目で四羽の姿は１２５ミリのレンズではとらえきれなくなった。

　気がつくと、一羽のアデリーペンギンが別の平らな氷畳の上に残っていた。昨年生まれたばかりのような若いペンギンだ。雛の綿毛から換羽を終え、すでに寒さから身を守る羽毛をそろえているが、親の手を離れて自分で採餌できるようになったのは今年の四月頃のことだろう。まだまだ中学生の少年ペンギンだ。どうやら仲間から取り残されたようなのだ。

　まだ体の細いペンギンだった。ときどき近くを泳いでくるペンギンに向かって声を放ったが応える者はいなかった。助けを求めるようにフリッパーを振り上げる動作をすることもあった。だが、十分間たっても仲間は現れなかった。もう泳いでくるペンギンもいなくなった。少年ペンギンは悲しげな声をひとこえ凍りついた空中に発すると、体を斜めにして海に飛び込んだ。氷の破片が浮く海中に頭を突っ込むと体を左右に振って泳ぎ出した。その姿は白い波頭の向こうに沈み、やがて見えなくなった。私は白夜の中にうずくまってワインを呑み続けた。少しだけだが、終戦から二年たって南極で死んだという私の実父のことを思った。写真で見ただけの製造主だった。

6

「ピンポン大会だよ」

二段ベッドの下でうつらうつらしていた私は村川隊長の言葉で目を開いた。時計は十一時を指している。午前なのか午後なのか分からなくなった。寝ぼけたまま防寒ズボンを穿き、セーターを着た。

「人数が足りないんだ。麻布新聞のふたりがダウンしている」

何だか知らないが村川隊長は妙に張り切っている。どうしてこの人はいつも元気なのだろう。

「文豪、卓球をしたことはあるか」

「中学生のとき一ヶ月だけ卓球部にいたことがあるくらいです」

「卓球部とは心強い。ここでは中心バッターだ。頼んだぞ。負けたらウイスキーを二本もとられるんだ」

一ヶ月だけですよと言ったがすでに村川隊長の姿は薄暗い部屋から消えていた。卓球を教えてくれたのが顔中吹き出物だらけの内股で近づいてくる二年生だったので、部をやめることにためらいはなかった。そいつのことを思い出したのは、ヘルマン・サリナス・ネイラという技術者がいつでも潤んだ目でこっちを見ていることに気付いたからだ。

卓球台の置かれた部屋に入るとすでに熱気で満ちていた。谷本とカメラマンの後藤が四人を相手にラケットを振るっていたが、何せチリ隊員は毎晩鍛えているので全然歯が立たない。私もキャプテンという触れ込みで登場したが、敵の四番打者のホセ・サンチェス・バスタマンテという小太りの料理長が腹を揺さぶってちょこまかと動き、カット打ち、カーブ、シュートと多彩な技を披露してきて一セットも取れずに轟沈した。バテて床に座り込んだ私をホセは雪を混ぜたウイスキーでなぐさめてくれた。互いに相手をたたえてピンポン大会はお開きになったが、村川隊長だけは無線室に入ったきりしばらく出てこなかった。

私は外に出て、雪の降る灰色の空気の中で眠っている「コドク」をちょっとの間観察した。餌を入れた器を引き出してみたが、やはり餌は少しも減っていなかった。この子は人間の作った餌を拒絶して餓死する方を選ぶのだろうかと思って少し感傷的になった。人間は他民族への目を開こうともせず、高尚な理想も持ち合わせないままただ軽薄に生きることだけに必死になっている。この子は本能的に生命力を高め、その確かさを次世代へ継承すべきなのに、生きてきた記憶もないまま今は沈黙して死を見つめている。

戸が開かれた気配がしたので振り返ると村川隊長と料理長のホセが並んで佇んでいた。

「明日の朝は雪が深くなる。天候はまあまあだが雪が重すぎる。飛行機のスピードが上がらないと離陸できないまま海に突っ込むこともあるぞ」

「燃料を減らすんですか」

「ハレー基地まで1650キロあるんだ。今の燃料でもギリギリだ。麻布新聞が余分だからひとり置いていく手もあるな。文豪、何とかならんか」

「なるでしょう」

そう答えると村川隊長は声には出さず、ただにやりと笑って戸口を開けて中に戻っていった。

「オラ、ケ・タル？　ホンダラコンダラ」

ホセがそんなことを言って私が手にしている雛の餌を隣に座って覗き込んだ。

「この子は全然食べないんだ。このままでは餓死してしまう。ペンギンミルクを作れないか」

ホセは餌をいじくり回していたが、やがて立ち上がると「バレ（オッケーだ）」とひとこと気楽に言って私の肩を叩いた。同時に立ち上がると雪がホセの頭と眉毛にかかって気球のように不気味に白っぽく脹らんでいる。見返すと、赤い目が潤んで涙ぐんでいる。私は「アスタ・ルエゴ（またあとで）」と言って先に建物の中に入った。頷いたホセは零下五度の戸外で餌を人さし指でかき回していた。

部屋に戻るとすでに村川隊長は鼾をたてて眠っていた。上段のベッドを村川隊長自ら選んだのだが、上がる前に意識が途絶えたのだろう。私はアノラックと防寒ズボンを脱いで上の段によじ登ると、寝袋の中に身体を突っ込んだ。すぐに脳が闇の中に沈んでいった。

クエッ、と奇妙な呻き声がしたのはほんの数分後のことだった。七面鳥が絞め殺されたような声だった。

「痛ェー。泥棒か！」

村川隊長の怒鳴り声が狭い部屋に反響した。薄ボンヤリとした明かりの中に黒い人影が上下して震えている。私は寝袋の中に身体を入れたまま、あん馬の要領で上体を振り回した。すると身体が浮き上がったとたん偶然に人影に足が当たった。人影は床に屈み込み、私の身体は仏像のように固まったままそいつの首の後ろに落ちた。尾てい骨と脛に痛みが走った。その体勢のまま床に前屈みになって呻いている男の首を軽く捩った。そのまま強くひねると息が絶える。男の息を止める寸前で気絶させていたので、私はゆっくりと寝袋から出て明かりをつけた。20ワットの電球の下で青いアノラックを着た背中の広い男が、海老のように背中を頂点にして床におでこをつけたまま失神していた。

「志波原じゃないか。こいつこんなものでおれを刺しやがった」

村川隊長は寝袋から這い出て志波原が手にしている刃渡り6センチの万能ナイフを抜き取った。そこにはナイフだけでなくフォークやスプーンも折りたたまれている。私は志波原の右手にはめた手袋を脱がせ取った。手袋は破れ人さし指から出血していた。

「村川隊長を刺すつもりではなかったはずです」

「君か」

「そうです」

「何のために。そうか、さっき志波原を雪の中に放り出したのは君か」

「皇帝ペンギンの雛の首をこいつが絞めていたんです。そう見えたんです。でもこいつはそれよりずっと前からぼくを憎んでいた」

村川隊長は片目を広げた。心の底から驚いた様子だった。

「……穏やかじゃないな。どういうことだ」

「ぼくにも分かりません。ただ思い当たることはありますね」

「何だ？」

「十数年前、韓国内をひと月ばかり旅したことがあって、そのとき麻布新聞の記者とカメラマンと旅先で一緒になったことがあるんです」

「そいつらは何を取材していたんだ？」

「韓国内に発掘調査に行っていた日本の古代研究の学者に同行していたんです。でも取材とは名ばかりで実際は韓国人の若い女をずっと連れ回していましたね。そのことをエッセイで書いたことがあったんです」

「記者の名前は書いたのか」

「いえ、イニシャルだけです。ＳＢＨです」

「君もやるな。だがそれで分かった。つまりは逆恨みだな」

「彼の父親かもしれないですね。初対面のときから様子がおかしかった」

「そうか。ま、こいつらのジャーナリスト精神は見せかけだからな。昼間もここの隊員にアデリーペンギンを捕まえさせて写真を撮っていたしな」

「知っていたんですか」

「ああ。だがスクープにはならんよ。デスクだってバカじゃない。そんな写真はボツにするさ。で、こいつをどうするね」

私はベッド脇にあったバケツに汲まれた水を志波原の頭にぶっかけた。それでも志波原は目を覚まさなかった。

「おい殺すなよ。一応、麻布新聞は南極開拓のスポンサーだからな」

「生きてますよ。でもこのまま外に放り出しておけば凍死しますが、どうしますか。積み荷は80キロばかり軽くなるはずですが」

村川隊長はそこで腕組みをした。皺が額に刻まれ頬が紅潮したように見えた。

「ちょっと考えよう」

7

朝九時三十五分。雪がやんだ。荷物をまとめて小屋の外に出ると通信隊員のヘルマン・ネイラが雛の入った鳥かごを手にして待っていた。彼は片腕で私の肩を抱くとメソメソと泣き出した。彼とはほとんど話すことはなかったので、その感傷的な態度に驚いた。ヘルマンは銀メッキの柄に人魚が彫られているナイフを差し出してきた。それは彼が大切にしている品物のひとつだった。私には彼に返すお礼の記念品がなかった。見ていた麻布新聞の関谷が「ナイフは重すぎますよ」と文句を言った。彼は重量を減らすためにベルトのバックルをプンタアレナスに捨ててきたという。実際はホテル出入りの娼婦に盗まれたのだ。私は頷いてナイフをヘルマンに返した。歩き出すと料理長のホセ・サンチェス・バスタマンテがどこからか飛び出してきて私にプラスチックの器を突き出してきた。早口で喋っているのでよく理解できなかったが、どうやらそれはペンギンの雛用にこしらえた餌のようだった。少し粘りのある赤色の寒天のようなもので、ホセはそれを指先に置いて雛に喰わせる仕種をした。他の隊員はすでにツインオッター号に向かってのたのたと歩き出している。戸惑っているとホセはヘルマンが提げていた鳥かごから皇帝ペンギンの雛を取り出して雪の上に置き、さあやってみろというように私に向けて顎を振った。止める間もなかった。雛は無念無想の様子でぐったりしている。

無茶苦茶なことをしやがると思った。雛の首が折れてしまっているのですでに死んでいるように見えた。ヘルマンが雛を両手でそっと支えた。すると雛の短い足が雪を踏まえ、首が据わった。ヘルマンがウシャンカを雛の頭から被せた。黒い綿毛に覆われた嘴が覗いた。私は手袋を脱ぎ、指先に餌を置いて雛の嘴に持っていった。ウシャンカに覆われた雛は番傘をさした座敷わらしのように佇んでいた。どれほどそうやっていただろうか。不意に私の指先に痛みが走った。

どろりとした餌を細い嘴が突いている。次に痛みが走ったときには指先の餌はなくなっていた。

「バレ」

OKだ、私は人さし指をふたりに見せた。バレ、と合わせてヘルマンがおおげさに私の肩を抱きしめてきた。料理長のホセは親指を立てると彼もバレと野太い声で吠えてプラスチックの薄い袋に入れた手作りのペンギンミルクを差し出してきた。バレ、と言ってさえいればチリ人はごきげんだと分かった。

しかし、ツインオッター号が出発するときは、バレ、というわけにはいかなかった。800キロを超す重量が飛行機の滑走を困難にした。「グワーン」とエンジン音が悲鳴をあげるが機体は湿って重くなった雪に沈みがちに進むだけで離陸する気配を見せなかった。警報が鳴り響く中を、一分近く30ノットくらいの速度で進んでいたツインオッター号は、氷山の突き出た氷海が見えるところまで来て急に機体を止めた。それからゆっくりとUターンし出した。

離陸するには60ノットの速度と400メートルの距離を要した。機体を左右に震わせながら戻ったツインオッター号は再びエンジン音を高く響かせた。車輪につけたスキーが雪上を滑り出した。だが数秒の内にラス機長はエンジンを止めた。振り返って言った。

「70キロ軽くする必要がある。タンクを一本捨てるか、人間をひとり降ろすしかない」

英語をよく理解できないテレビ麻布のスタッフと麻布新聞の関谷は後ろを向いて私と村川隊長を見比べた。タンクを捨てるしかないよ、と志波原が大声をあげた。身体は弱っていても声だけは大きかった。どういうことですかと谷本が訊いた。重量オーバーだと村川隊長がぽつりと呟いた。スタッフはそのひと言で状況を把握した。ラス機長から日本側に与えられた総重量は750キロだった。出発前の重量は乗組員を含めて895キロもあった。それを出発前にビデオ技術者をひとり削ってようやく811キロまでにしたのである。それが限度だった。しかし状況は切迫していた。タンクは十四本積んである。一本に55ガロンの燃料を入れてある。それで四十分の飛行ができる。英国のハレー・ベイまでは八時間の飛行が見込まれている。しかしそれは順調にいったときの場合だ。ここでは非常事態に備えて万全の準備をしておく必要があった。

村川隊長はアノラックのポケットから万能ナイフを取り出して、前の席にいる志波原の肩を叩いた。振り返った志波原はギョッとして目を剝いた。

「これを持って降りるんだな」

「降りる？　私が？　冗談じゃない。記事はどうするんですか」

「記事は関谷君が書くだろう。文豪に頼む手もあるが原稿料が高いぞ。荷物を持って降りろ。それともまたおれを刺すか」

刺すってどういう意味ですか、と谷本がろくろっ首のように斜め後ろに顔を伸ばしてきた。記事を書くのは無理ですよ、ぼくはカメラマンですからと関谷が唇を尖らせた。さあ、早くしろと村川隊長は志波原の背中を押して有無を言わせぬ厳しい口調で言った。それからこいつが降りるとラス機長に向かって声をあげた。

この南極開拓飛行隊の企画自体が全て村川隊長のキャリアに頼って出来上がったものだった。村川雅義の名前は南極を志す学者や技師にとっては神様同然だった。これから行く「あすか基地」や「昭和基地」で宿泊所を借りることができるのもそこにいる隊長、隊員がみんな村川雅義の後輩であり弟子だったからだ。この開拓飛行はあくまでも一企業の企画であり、文部省が予算をたてて派遣したものではない。早い話、村川隊長のコネに全てすがっていたのである。

ジョンが助手席から立ち上がり飛行機の扉を内側から開いた。冷ややかな空気がなだれ込んできた。窓の向こうでは三人のチリ隊員が影法師のように佇んでいる。私は両膝の上に置いた鳥かごを持ち上げた。ペンギンの雛はウシャンカに隠れていたが、灰色の綿毛に覆われた足の先から爪が黒く飛び出ているのが見えた。「これでこの子はもう安全だ。殺されることはない」そう私は快哉を叫びながら鳥かごを窓辺に寄せた。ぶかぶかの作業衣をきたふたりが片腕をあげた。いいやつらだった。帰りに会うのが楽しみだった。

おい、と村川隊長は降りていく志波原を呼び止めた。泣き腫らした顔が振り返った。

「おれは南極ではランボーなんだ。文豪はさしずめヴィヨンだ。知能指数が高い君にはどういうことか分かるだろう。フランソワ・ヴィヨンは人殺しで盗っ人だ。こええぞ」

志波原はうとましげな目つきで村川隊長を見てから私の方を剣呑なまなこで見つめた。眼鏡の奥の目が腐った茹で卵みたいに暗く浮き上がった。それから黙ってタラップを降りた。ツインオッター号は再びエンジン音を響かせた。今度も速度はなかなか増さずにいた。またもや赤く警報ランプが灯りブザーがけたたましく鳴った。氷海が迫ってきた。スキー板の滑る刺々しい音が座席の下から響いてくる。

「やばい！」

操縦席に顔を向けた後藤が叫んだ。氷山が窓いっぱいに立ち塞がった。やられた、と思った。次の瞬間不意にスキー板の滑走音が消えた。エンジン音だけが快調に機内に響き渡った。機体は氷海の上に出た。さらに機体は上昇を続けた。水平飛行に入るとホッとした溜め息が機内に流れた。谷本が拍手をした。ラス機長は不敵な笑みを浮かべたようだった。

村川隊長はもう手帳に何かを書き付け始めている。私は鳥かごからペンギンの雛をそっと取り出した。綿毛の中に細い、とても繊細な骨格があるのが感じられた。手袋を脱ぎ左の人さし指にホセ特製のペンギンミルクを載せて嘴に持っていった。ツンと痛みがきた。キッツキが登場してきたような気がした。餌はすぐになくなった。今度は掌に餌を載せた。痛みは激しく速度を増してきた。その餌も数分とたたない内になくなっていた。その次にやった餌にも雛は容赦をしなかった。掌に血が滲んできた。いい加減にしろ、と私は思った。スタッフは低酸素症にかかってみんな眠り込んでいる。私はアノラックの内ポケットから早くスコッチウイスキー入りのスキットルを取り出して、寝酒をたしなみたいと焦がれていた。

8

ウエッデル海が眼下に見えた。氷に覆われた海だ。雲の影が氷海に落ちている。見ている内に時間が過ぎた。窓の向こうに連なる明るい雲に虹が映った。まるで天を舞う観音様を祝福するかのように神々しい光が空に散った。雲と氷海が接するあたりに虹が渡り、それは三重に重なっていたため赤と黄色だけでなく、橙や緑色、それにそれまで見たこともないくすんだ紫色まで生み出していた。

私は村川隊長から差し入れられた乾燥イカをつまみにウイスキーをぐびぐびと呑んだ。なくなったら英国のハレー・ベイ基地で仕入れたらよかろうと思っていた。鳥かごの中の雛も一応満腹したのか、おとなしくウシャンカの中に収まっている。親の代替品に慣れてきたようだ。生き抜けよ、もう少しで生まれたところに戻れるからなと何度となく胸の内で呟いた。

安定した飛行が続いた。最高級のキャデラックの後部座席に乗っているような贅沢な気分だった。

ウエッデル海は果てることなく続いていた。雲の上の陽光は炎のように燃えている。雲を抜けると遥か下方では平たい氷海が蠕動していた。まるで白い細菌の繁殖する様子を、顕微鏡の代わりに飛行機の窓から覗いているようだ。スタッフは酸欠状態で死んだように眠っているが、ウイスキーを呑んで気力を回復した私は後部のバケツに小便をしたあと機内に積まれているタンクに書かれた文字を書き写した。全幅19・8、全長15・8、全高5・7メートル、燃料1470リットル、巡航速度328キロ、着陸速度113キロ、海面上昇率毎分438メートル、航続距離1300キロとあった。航続距離1300キロ？

おい、おれたちは1650キロを飛んでハレー・ベイに向かっているんじゃないか。谷本はこの事実を知らずに眠っている。この小型機と同じ大きさの飛行機がいまも北海道の内陸や沖縄の離島間を飛んでいるはずだ。二十人乗りの西南航空に乗ったとき、まるでマイクロバスが空を飛んでいるような錯覚に陥ったことを思い出した。買い物籠を膝に置いたおばさんは飛行中固く目を閉ざしてずっと俯いていたものだった。しかし今我々は南極を飛んでいるのだ。沖縄ではない。その証拠に眼下にはまだ氷海がある。私は眠ることにした。

スキー板を履いた機体が機首を下げた。氷原が目に入った。断崖絶壁の氷原はそのまま数十メートルの氷棚となって氷海に落ちている。そいつらもやがて氷棚から離れて氷山になっていく。氷海には巨大な三角柱の摩天楼のような氷山がそそり立っている。ツインオッター号は氷海から内陸に入ると一度大きく旋回した。翼が風を呑んだ。機体は静かに滑走した。横揺れしてからエンジンが唸り声をあげて機体が止まった。そこはハレー・ベイ基地だった。時計は九時半を示している。十時間以上かかったことになる。私は鳥かごを持ってまっさきに飛行機を降りた。そこはただの雪原だった。基地らしいものも英国の観測隊員の姿もない。一面の雪野原の中で我々五名は佇んでいた。

「どうなっているんだ。無線で連絡してあるはずなんだけど、何も見えない」

谷本が心細げに呟いてあたりを見回した。雪原がきれた彼方に氷山の点在した海があり、遥か遠くに半島のように伸びている雪山が望める。夜九時の南極の西空の底は橙色に染まっていた。少し上に低気圧がもたらした黄ばんだ雲が横になびき、その上空には冷え冷えとした青空が広がっている。凍りついた空の果てには暗黒で静寂に満ちた宇宙が続いているはずだ。それを連想することはむつかしかった。私は鳥かごの中に手を入れて雛に被せて置いたウシャンカをそっと引き上げた。雛は目を閉じていた。白い綿毛の中に一本の短い黒い腺が引かれていてそれが雛の睫毛だった。

大陸の風が皇帝ペンギンには似合っていた。気温は零下五度くらいだろうか。不意に睫毛が震え目が開かれた。黒い毛で縁取られた中に潜んだ漆黒のダイヤモンドの瞳が発光した。白い雪原の輝きが反射したのだ。

コドク、ここまでよく生きていたな、さあ、よく見ろ、ここがおまえの故郷だ、この雪原のどこかにおまえの仲間がいる、そう思っていたが私の言葉はいくらか錯乱し、混乱していた。雛の混じりけのない雫に満ちた瞳があまりに気高く、純粋で、その透明すぎる美しさに打ちのめされていた。その崇高な姿がとてもけなげだった。悲しかった。

「ほら、やってきたぞ」

毛糸の帽子を被った村川隊長がサングラスをつけた顔を北東に向けた。雪上車が荷物運搬車を曳いて雪煙を上げて向かってくる。ふたりのイギリス隊員が乗っていた。助手席のひとりが日の丸を上げた。近づいて見ると、それはシーツに赤いペンキで丸を描いたものだと分かった。

「ようこそ。待ちこがれたぞ」と運転してきた髭面の男が言った。

「基地はどこだ？　見えないな」

村川隊長が訊くと、雪上車から降りた髭は笑って頷いた。

「見えないはずだ。雪に埋まっている。それにムラカワさんが十三年前に来たときより五キロも海側に押し出されているんだ。イギリス基地は今や棚氷の上に建っているんだ」

「ひょっこりひょうたん島というわけか」と村川隊長は日本語で呟いた。

「もうひとつ残念なお知らせがある。到着が遅れたので夕食はもう終わってしまったんだ」

スタッフとふたりのパイロットはツインオッター号から必要な荷物だけを運搬車に運んだ。私が雪上車に乗り込むと助手席の若者がアメリカ人のように手袋をした右手を差し出してきた。

「ジェームスだ」

「サンジュウロードだ」

「サン……ジュードー、か。そいつはペンギンか？」

「エンペラーペンギンの雛だ。まず餌が必要だ。それにこいつをコロニーに戻してやりたい。どこにあるか分かるか」

「15キロくらい北西に向かえばエンペラーペンギンの雛がかたまっているそうだ。二週間くらい前に観察に行ったやつがそう言っていた」

「餌は作れるか」

「ああ、設営隊員で得意なやつがいるんだ。うちの基地にアデリーペンギンが一羽迷い込んできてそいつが育てているんだ」

　雪上車はカナダ人ふたりと日本人五人を乗せて荷物運搬車を引っ張って走り出した。この英国人は友好的なようだった。彼らの基地と木造住居はドーム型に造られていたが七月から八月に降り積もった厚い雪の中に押し潰されていて、我々が到着したときも五人の若い隊員が除雪作業に汗をかいていた。

「来年は新しい基地を建設する予定なんだ。ここは棄ててもっと内陸に建てる。ムラカワさんは向こうの住居で寝てもらう。狭いが暖房が入っているんだ」

　と髭男が上機嫌で言った。そうか、と村川隊長はさして喜んだふうもなく返事をした。

「そういうことで、あとの人たちはそこいらで適当にテントを張ってキャンプをしてくれ。明日の朝食は七時だ。遅れるとまた食いっぱぐれるぞ」

「ウイスキーは売ってくれるか」

「あるよ。一本250ポンドだ。おれの二週間分の給料だよ」

「ドルで払う」

私は雪上車から撮影機器を降ろしていた谷本を呼んで、彼に600ドルを支払うように頼んだ。レシートは手書きでいいと英語で言うと髭男は私の肩を叩いて笑った。チップ込みの値段だった。谷本は青ざめたままボー然と突っ立っていた。

「ジェームス、アデリーペンギンはどこにいるんだ。この子と対面させたいんだ」

ジェームスは合点承知というように頷いた。私は荷物を担いで彼のあとについて雪原を歩き出した。すると横に来た関谷が紫色に染まった唇を震わせて言いにくそうに口を開いた。

「ほんとうに記事を書いてもらえますか。……あの楠さんて、友だちを作るのがうまいですよね、秘訣があるんですか」

そう言われてみて初めて私は随分調子のよい男だと見られていることに気が付いた。答える代わりにペンギン本に書かれてあったことを関谷に伝えた。

「ここは寒いぞ。深く息を吸い込むと肺がやられるそうだ」

アデリーペンギンは木造の廃屋の裏でひとり雪蹴りをしていた。そばに2メートル近くはある大男が、苦しそうに屈んで朽ちた外壁をノコギリで切り落としていた。そばに少しだけましな材木の切れ端が置かれてあった。

ジャスティンとジェームスは大男を呼んだ。顔を上げた男は意外に若くグレーの目がなぜか潤んでいた。

「どうだ観測小屋はもちこたえそうか」

「あとひと月くらいなら何とかなるだろう」

わずか5平方メートルしかない観測所だった。中に置かれた観測機材らしきものも中学校の化学教室にあるものと代わり映えがしない。

「おれの契約はあとふた月なんだ。そのあと来る連中が新しい観測小屋を建てることになっている」と私の耳元で言ってから、「彼は、サン……ジュードーという日本人だ。中国人じゃないぞ」とジェームスは言って私の肩を叩いた。ジャスティンはノコギリを雪の上に置くと手袋を脱いで太い指を差し出してきた。私はエンペラーペンギンの雛との出会いから説明し、話の最後にこの子を仲間のところに戻してやりたいので協力してほしいと頼んだ。

「分かった。日本人は信頼できる。何でもいってくれ」とジャスティンは丸い顔の中に幾つかの皺をつくってにこりとした。なるほどおれが友人をつくるのがうまいと見られるのは、潜在的に詐欺師の才能があるからかもしれないと思った。

「これがこの雛用のペンギンミルクなんだ」

私は腹で温めていたプラスチックの袋の中から粘りけのあるゼリー状の餌を指にとって掌に置いた。鳥かごの中から雛をそっと取り出して嘴の下に掌を差し出すと、ためらいもなく餌を突いた。

「あんたがこれを作ったのか？」

ジャスティンは袋の中の餌に鼻をよせて目を上げた。チリの基地にいたコックだと私は仕方なく白状した。

「完璧だ」

ジャスティンは赤くなった鼻を空に向けて呻いた。鼻先に餌が付着していた。それからアデリーペンギンを呼ぶつもりだったのか口笛を吹いた。退屈していたアデリーペンギンはもうそばに来て雛を覗き込んでいた。アデリーペンギンの胸毛は白く、顔から背中にかけては黒い綿毛に覆われていた。垂れ目に見えるのは白目の目尻が斜めに向いているからだろう。白目に縁取られた黒豆みたいな目があった。彼は背中を丸めて私の掌に置かれた餌を食べている雛を見据えた。コドクはアデリーペンギンには見向きもしない。

「この一羽だけが迷い込んできたのか」

とジャスティンに尋ねた。

「ああ、そうだ。今年の三月十日だった。多分去年生まれたやつだろう。仲間とはぐれたんだろうな」

「ルッカリーがあるのか」

「いや、見たことないな。多分この連中はジェンツーペンギンに巣を奪われて南へ逃げてきたんだろう。サウスシェトランド諸島から上陸して北へ進んだのかもしれないな」

今日我々が飛んだ距離より長い旅をしてこのあたりにたどり着いたことになる。皇帝ペンギンとアデリーペンギンは南極でも最も寒いところでルッカリーを形成して子育てをするというが、それは争いを好まない性格のせいだろう。

「明日は五時の出発だ」

ジャスティンがそう言ったとき、雪原でスタッフがテントを張り出すのが目に入った。周囲は雪の他、目印はない。どうしてあそこにテントを設営することに決めたのか分からない。私はコドクを鳥かごに入れた。もう胸の内では雛と呼べなくなっていた。

「ただ、その雛を向こうに置いておくのはどうかな。何羽かいたが雛とはいってもこいつよりもっと大きいよ。八月頃に生まれたやつらだろう。それに餌をくれる親もいないとなると、餓死しかねないからな。第一、その雛は未熟児だろう」

「未熟児……そうかもしれない」

あらためて見るとまるで雨に濡れそぼったひよこのように虚弱そうだった。たとえ仲間と出会ってもこいつの面倒はみてもらえないだろう。

「もし、この子をここでしばらく育てるとして、餌は作ってもらえるか」

「やってみるが、彼にもやらせるよ」

ジャスティンは物珍しそうに鳥かごの中を覗き込んでいるアデリーペンギンを見下ろした。私はキョトンとしたようだ。

「ゾウアザラシがいないところでこいつを海に潜らせるんだ。学者はバカだから分かっていないが、ペンギンは一分間で百五十四のオキアミを捕獲するんだ。そいつを腹一杯食わせてから吐き出させせて餌にするさ」

「吐き出すかな」

「未熟児を見捨てやしないさ」

私は鳥かごを提げてテントに向かった。谷本が大声で指示しながらテント張りをしていた。ふと妙な気配がしたので振り返るとアデリーペンギンがよたよたとあとをついてきていた。このペンちゃんは彼ではなくて、女の子なのかもしれないと私は思った。

　三つのテントを張り、カナダ人パイロットのふたりと、谷本と後藤の組、そして私と麻布新聞の関谷が一緒のテントの下で雪原に寝袋を敷いて横になった。私の頭の上にコドクの入っている鳥かごを置いた。零下二度。雛には頃合いの寒さのはずだった。眠り出してすぐに誰かがテントを開けて入ってきた。灰色の日の中に影があった。おい文豪、と影が呼んだ。

「ウイスキーをかっぱらってきてやったぞ。スコットランドのモルトウイスキーだ。向こうは暑くてかなわん。テントで寝ることにした。まず一杯やろう。麻布新聞はそのまま寝ていろ。おれは寝袋はいらん。このまま横になる」

　関谷は目を擦って半身を斜めに立てた。

「そういうわけにはいきませんよ」

「そうか。じゃ、その寝袋はおれが使う」

「え……」

　村川隊長はモルトウイスキーの口を開いて、懐から取り出したブリキ缶ふたつに注いだ。それからそこいらにある雪をウイスキーにぶち込んだ。私が一口呑んで唸っていると、村川隊長はスペアリブを内ポケットから取り出した。私にも差し出してきたので礼を言って喰った。冷たいがうまかった。次に野菜とハムのサンドイッチが出てきた。まるで魔術師のようだった。

「明日の朝は五時出発でこの雛を仲間のところに届けてきます。15キロ北にいるそうです」

「そりゃいい。谷本には伝えたか」

「まだです」

「おい、麻布新聞、教えてきてやれ、後藤も撮りたがるだろう。あ、おれも行く」

そう言って村川隊長は関谷を追い出すと、さっとウイスキーを飲み干し、素早くサンドイッチとスペアリブを嚙み砕くと、うん、うまかったと呟いて関谷が使っていた寝袋にさっさともぐり込んだ。あと六時間しかありませんよ、と言ったが返ってきたのは鼾だった。

それで私も寝袋に入って目を閉じた。すぐにシャッターが降りた。

9

翌朝は烈しいブリザードになった。寝袋にくるまって眠っていると横でむっくりと人が起きる気配がして、おい文豪朝飯を食いに行こうと村川隊長が言った。すると飢餓状態でのびていた関谷が飛び起きて、食いましょうと叫んだ。外に出るととたんに氷の礫(つぶて)が団体で顔に当たってきた。視界は1メートルもない。突風に耐えて踏ん張ったが二度尻餅をつき方向を見失った。十五分かけて50メートルの距離を村川隊長のアノラックの黄色を頼りに基地の建物までようやくたどり着いた。眠気は吹き飛んだ。あとからついてきていた関谷の姿は途中で遭難したらしく見えなくなっていた。席について紅茶を飲んでいると施設係のジャスティンが大きな身体を縮めるようにして食堂に入ってきた。私は彼に合図を送った。熊のようにのそのそと寄ってきた彼に、頼みがあると言った。

「コドク用にテントを作ってくれないか」

「コドク？　エンペラーペンギンの雛のことか。うん、分かった、今日は作業は中止だからあとでやってみるよ。雛のテントか。いいアイディアだな」

「アデリーペンギンはいまどこにいる？」

「多分観測小屋の裏でブリザードを避けて立っている。小屋の中では暑すぎるらしい」

建物を出るときにラス機長とジョンとすれ違った。ジョンは昨日の疲れが残っているらしくげっそりしていた。

「西ドイツの基地まではぼくが代わりに副操縦士をしてやるよ」

「ホンマか」

隣で聞いていたラス機長が微笑んだ。

テントは今にも吹き飛ばされそうになっていた。中で空腹をかかえて伸びていた関谷に食堂にあった硬いパンを差し出すと、彼は息も絶え絶えといった様子でパンを手に取った。

村川隊長は気象地図を開いて眺め出した。

「一日遅かったら墜落していたな」

日焼けした顔を上げて白い歯を見せた。

「やっぱり村川隊長は天候と……」

「女運はない。それは文豪の方だろう」

そう言ってウイスキーのキャップをねじった。関谷が生気のない目玉を村川隊長の手元に向けた。

「一体、何の話ですか」

「今は亡き志波原に代わってしっかり記事を書けということさ」

関谷はがっくりと顎を落とした。

「前にもいいましたが、わたしは小型飛行機のパイロット免許も持っていますが、一応社ではカメラマンなので、なんとか楠さんにお願いしたいのですが」

「文豪は小説が専門だ。書かせたらみんなフィクションになっちまうぞ。下手をするとおれまでスケコマシ役になる。麻布新聞の看板を掲げている以上、カメラマンだとて記事くらい書けなくちゃだめだ」

それから五時間くらいかけて関谷はごそごそと記事を書いていた。十五年前、アメリカ遊学から戻った私はまず外資系の証券会社で四ヶ月間働き、入学資金が貯まるととりあえず大学に入った。アメリカに戻るつもりでいたので大学に籍を置いたままテレビ局で二年半契約社員として勤めた。アメリカは無理だと分かると観念して通信社に就職した。そこで地方紙に送る記事を書いた。二百字詰めの原稿用紙一枚を十分間の目安で書かされた。八ヶ月間安月給で我慢した末、急に小説が書きたくなって辞めることにした。その後いくつか短編小説を書いて出版社に持ち込んだがまるで相手にされず、結局通信社時代の経歴を買われて夕刊紙の記者になった。そこも二年足らずで辞めてその後は英米のスパイ小説の下訳をやって食いつないでいた。しかしそういったことは関谷には話さなかった。村川隊長だけだったら酒のつまみに話したかもしれない。

夕食のあとレストラン脇の小部屋でジェームスをはじめイギリス隊員たちとバカラをして遊んだ。５００ポンド勝ったところで席を立ったら、もっとやっていけと追い剝ぎヤクザみたいなことを言う。ウイスキー二本分で充分だと応えると、一番負けが込んでいたやつが両目を指で塞いで、これでひと月分の給料がパーだと嘆いた。私は彼に50ポンドを所場代として与えてから売店に置いてあるウイスキーと記念切手を購入した。風に打ち震えるテントの中では村川隊長が舌なめずりをして待っていた。

翌朝は快晴になった。「コドク」を入れた鳥かごを持ち、五時にジェームスの運転する雪上車に乗ってジャスティンの道案内で雪原を走った。どこまでも雪原は続いた。一時間ほどうとうとしていると雪上車がふいに止まり、ジャスティンが後ろを振り向いた。

「ここから先は歩いていく。ペンギンを驚かせたくないんだ」

いい心がけだと寝ぼけ眼を開いて私は降りた。谷本と後藤が撮影機材を肩に担いだ。関谷はカメラをかかえて続き、村川隊長は私が左手に持っていたウイスキーを奪った。文豪が皇帝ペンギンを前にウイスキーを呑んでいるところを撮ってサントリーに売り込もうというのが村川隊長の企画だった。元南極観測隊長らしくない発想だった。私はコドクの入った鳥かごを右手に提げて積もった雪の上をざくざくと歩いた。

「あそこにいる」

ジャスティンが顎をしゃくった先に数羽のペンギンがかたまって佇んでいた。数十羽から数百羽が群れをなすコロニーを想像していた私はちょっと拍子抜けがした。数えてみると背丈が80センチくらいの皇帝ペンギンが全部で十一羽いた。まだ灰色の綿毛を全身にまとっていて、胸の毛はことに黒ずんでいた。成長した皇帝ペンギンは背中の綿毛が黒く、胸は白い体毛で覆われ、首筋には橙色の斑紋があって120センチほどの背丈になる。ここにいるペンギンは頭部だけが黒く、皇帝ペンギンの特徴を示す橙色の斑紋もまだ現れていない。みな雛から幼鳥の範疇を出ていないようだった。

近づいてみるとかたまっているように見えた一団はそれぞれ横に一列に並んでいる様子で、三羽は少し離れたところで心持ち背中を丸め、へたったように鎮座している。腹をすかしているのは明らかだった。そのあたりからは海は見えず、飛行機から望んだ氷の絶壁もどこにあるか見当もつかない。雪上車で眠っていたせいでまだ方向感覚がつかめずにいた。

「ジェームス、海はどこにある?」

「15キロくらい先だろう」

「こいつらはこの雪の中を15キロも歩いてきたのか」

そう訊くとジェームスはジャスティンを振り向いた。いや、とジャスティンは呻いた。

「こいつらを置いていったのは親の方だ。餌をとりにな。この子たちは生まれて四ヶ月くらいだろう。まだ綿毛が脱ぎ替わっていない。自分の力で海に潜って餌をとることはできないんだ」

「コロニーにしては数が少ないな」

ジャスティンは頷いた。

「理由は分からないがコロニーから離れたグループなんだろう。冬は牡が集団になって輪を作ってブリザードから卵を守っているが、夏になるとその必要はないからな」

私は皇帝ペンギンの大きすぎる雛と鳥かごに入っているコドクとを見比べた。ウシャンカから顔を覗かせたコドクはいかにもみすぼらしかった。

「こいつらはこんなところにずっと佇んで親が戻ってくるのを待っているのか」

「そうだ。海で親がゾウアザラシにやられでもしたら、こいつらも餓死するしかない」

雛たちは私たちの会話には耳を傾ける様子もなく風の吹く、何の目印もないだだっぴろい雪原にただ目を閉じて動かずに佇んでいる。少しでも動くとエネルギーが放出してしまうのだろう。

「文豪、仕事だ」

村川隊長が合図をすると谷本が用意万端、そこいらで掘った氷をグラスに入れて差し出してきた。後藤がカメラをセットして待ちかまえている。村川隊長がウイスキーをグラスに注いだ。やりすぎだと私は思った。ではいきます、というので私は雪原に座って皇帝ペンギンたちを前にウイスキーを呑んだ。これで番組スポンサーのサントリーに顔向けできますと谷本が言うのを聞いて、南極に来て初めてレポーターの仕事をしたように思った。

撮影が終わるのを待って私は鳥かごを開いた。ウシャンカに潜り込んでいたコドクを両手でそっと抱いて雪原に降ろした。80センチの幼鳥に較べると40センチに満たないコドクの姿はまだほんの赤ん坊だった。灰色の綿毛に覆われた腹部に埋まった足の爪が震えているようだった。重心が定まらず、背中がよれた。他の幼鳥は目を開くこともなく零下八度の冷気の下、雪祭りに出品された氷細工のように突っ立っていた。

私は残っていた餌を手袋を脱いだ掌に載せてコドクの嘴の下に持っていった。腹が空いているはずのコドクは餌の上に嘴を置いたが食おうとはしなかった。風に吹かれた短い綿毛が掌をくすぐり、それはコドクの恐怖感の高まりのように思えた。

私はコドクを抱き上げて仲間たちの間に置いた。コドクはすぐに体を縮めた。そして頭を下げてふた回りも大きな仲間の足元に潜入しようとした。一羽は目を閉じたまま蹴飛ばした。別の一羽はコドクの頭が触れるとたちまち腰を落として侵入を拒んだ。それからコドクは必死で次々に仲間の間を回って腹の下にもぐり込もうとしていたが、ついに力つきて氷の上に尻をつき頭を落とし嘴を下げて喘いだ。

「親を捜しているんだろう。もう親の臭いも忘れているんだ。だけどこの子らもまだ幼鳥なんだ。雛を腹の下に入れて寒さから守ることはできない。自分のことで精一杯なんだ」

ジャスティンが呟くように言った。雪交じりの風でその声はとぎれがちになった。

——この子をここに置き去りにすることはできない。

死ぬと分かっている動物でも自然に帰すのが一番よいと主張する生物学者もいるが、その意見は研究室でぬくぬくと外国人の書いた論文を読んで満足している者の思い違いだ。私は倫理観の欠落した非情な人間で、殺し屋と非難を浴びるほどの卑劣漢かもしれないが、口では動物愛護を訴えておきながら、無垢な動物を見殺しにする偽善者ではない。人間は人を騙しても生きていけるが動物は生きることだけに必死なのだ。人間の気まぐれや冗談の相手をするために生きているのではない。冬には零下四十度まで下がる酷寒の地に生きる場所を求めたのは、そこでしか生命を繋ぐことができないと知ったからだ。海ではゾウアザラシがペンギンを餌にしようと待ちかまえているが、それよりずっと恐ろしいのは銃を持ち、オゾン層を破壊する人間どもなのだ。

座り込んで悲しげに首を微かに上下させているコドクを私は鳥かごの中に戻した。

「ジャスティン、あんたのいう通りだ。ここにいたらこの子は餓死する。あと三ヶ月ほど育ててもらえないいか」

「分かった。おれはあと一年契約が残っている。その間はこいつの面倒をみる。アデリーペンギンにもよくいっておく」

巨体のジャスティンがその図体通り頼もしく見えた。イギリス人にも生き物にやさしいやつがいるのだと思った。イギリスの貴族は趣味で動物狩りをする人種だった。私は所在なげに果てしのない雪原に向かって佇んでいる谷本に声をかけた。

「断崖まで行って撮影してみよう」

谷本のリクエストを受け容れたふたりのイギリス隊員は先に立って雪上車に向って歩き出した。

10

一時間ほど走ったところで雪上車が止まった。これから先は亀裂があるかもしれないから歩こうとジェームスが言った。私はコドクの入っている鳥かごを、風に吹き飛ばされないように雪上車にくくりつけて彼らのあとについていった。雪の上に靴の沈んだ跡が人数分できていく。三十分も行かないうちにゼーゼーという呻き声が聞こえてきた。村川隊長かなと思って振り返ると撮影機材を肩に担いだ後藤が顔中を雪と汗に濡らして真っ青になって歩いていた。やばいなと思ったとき、見ろよ、と言ってジェームスが立ち止まった。私たちは顔を上げて彼の指さす先を見据えた。そこにあったのは飛行機の残骸だった。こなごなに砕けた飛行機の胴体が散らばり、頭部はまっぷたつに割れていた。すでに腐食している内部は雪の中に体の半分を埋めていた。

「イギリスの飛行機だ。十三年前のことだが墜落して十四人全員が死んだ。事故はもっと内陸で起きた。気流に巻き込まれたんだ。墜落した機体は雪に埋まっていたんだが棚氷の移動につれて二年前に浮き上がってきたんだ」

ツインオッター号と同じ機種だなと谷本が呟きながら中を見た。村川隊長が何ごとか説明していた。その様子を後藤が撮影し出した。私は少し離れたところで機体から目をそらして高い青空を見上げていた。空に氷河が広がっていた。

「初めて南極を飛行機が飛んだのは1928年のことだが、それ以降小さな飛行機事故は何度も起こっている。日本の新聞が記事にしなかっただけだ」

傍らに来て佇んだ村川隊長がそう呟いた。私は黙って頷いた。目の前に埋もれた機体の座席に、人の幻を見たように感じていた。

「八年前にはここと反対側にあるエレバス山に観光機が墜落して二百五十七名が死んだ。今でも墓標が立っている。日本人も二十四人が犠牲になった」

「南極観光機ですか」

「ああ。いい商売になるからな。みんな世界中を行きつくしてあとは地獄に行ってみたいという連中だろう」

「そうですか。でもぼくの……」

村川隊長は途中で口をつぐんだ私を上目遣いに見た。ジェームスが歩き出したので私はそれ以上言わずに先をすすんだ。さらに一時間くらい歩いただろうか。ジェームスが足を止めて、これから先は危ない、棚氷が解けて海に落ちることもある、と言って顔を北東に向けた。雪原が切れるところまでまだ数百メートルあった。その先に氷海を挟んで氷に覆われた絶壁があった。それらは幾重にも連なって海峡の奥深くに続いていた。海から突き出た氷山の高さは数十メートルにも数百メートルにも見えた。厚みは二千メートルにも及ぶというが、その全容は深い海に姿を隠していた。そこにあらゆる光が屈折して射し込み、深い緑を含んだシャンペンブルーの輝きが、空からの光をはね返して氷山を冷然と聳えたたせていた。

皇帝ペンギンの親たちは、この先の絶壁から数十メートル下の氷海に飛び込んで餌になるオキアミをとりに行ったというのか。それは命がけの採餌だった。イネスは南極にはペンギンの天敵はいないと言ったが、卵を狙う盗賊カモメもいるし、氷海には腹を空かした殺し屋のゾウアザラシが待ちかまえている。

後藤は人類未踏の棚氷にカメラを向け続け、関谷も一心不乱にシャッターを押し続けた。私は先に踵を返した。墜落した飛行機の残骸のそばを通り過ぎるときは、自然に目をそらしていた。

「雛が心配か」

いつのまにか村川隊長が横を歩いていた。三十歳も年上とは信じがたいタフな人だった。

「村川隊長は何年生まれですか」

「大正七年だ」

「すると1918年ですか」

「そうだ。大正生まれが第二次世界大戦を闘い抜いたんだ。大正生まれが少ないのはそのためだ」

「ぼくの生物学的父親という人は村川隊長より丁度十歳年上の1908年生まれなんです。明治四十一年ですね」

「生物学的？　文豪が生まれる前に戦死したのか」

村川隊長はけげんな顔になってこちらに目を向けた。

「戦死ではないです。その頃実父は日本に戻っていましたから。だけどぼくが生まれる三ヶ月前に死んでしまいました、南極で。乗っていた飛行機が墜落したんです」

「だが、その当時日本ではまだ南極に飛行機を飛ばしていなかったぞ。そもそも日本人がアメリカのマクマード基地まで飛んだのも最近のことだ。文豪の、その生物学的父親という人は一体何をしていたんだ」

　そう訊かれて母からも今の親父からも実父に関しては何も知らされていないことに気がついた。今頃家でオランウータン体操をしている親父が実父の二歳年下の弟だということを聞かされたのは中学生のときだったが、だから何だという思いがあった。反抗期であった私は父親に関心を持っていなかった。そのことを耳元で囁いたのは母の継母で、若い頃の母と実直そうな男が写っている写真を私に見せ、煙草の脂のついた前歯を剝き出しにして「この人があんたのホンマの父親や」と言ったのだった。古ぼけた写真に写っている父に似た男を凝視した私は「違う」と言って写真を放り投げた。祖母は幼い母を盥に乗せて万葉集にも詠われた初瀬川に放り出した非情な女だった。私が母の実家を訪ねたとき祖母は三輪素麺の袋詰めをしていたが、善良そうな老婆に見える祖母を私はまったく信用していなかった。

「京都帝大で天体物理学を研究していたようです。宇宙物理学ともいうようですが、恒星の内部構造とか銀河物質の研究ですね」

「戦前にそんなことをやっていたのか。風流な男だな」

「京都に生まれてずっと育った人で織物問屋の息子なんです。同じ時期に医学部にいて楠千尋のことを知っていたという方と十二年前に祇園で偶然出会って、実父の話を聞くことができたんです」

そうか、と呟いた村川隊長はしばらく口を閉ざして雪を蹴りつけて歩いた。

「戦争には行かなかったのか」

思い出したように訊いた。

「支那事変の頃にはイギリスのケンブリッジ大学で研究していたようです。日本には充分な観測機器やグレゴリー式天体望遠鏡はまだなかったようです。終戦後は日本に戻って母と結婚したんですが、またイギリスに呼び戻されてどういうわけか南極に派遣されたんです。墜落したのは１９４７年の十月だったようで母はすでに七ヶ月の身重でした」

「それで自分の子供を見ることなく死んだというわけか。遺体は見つからなかったんだろうな」

「いや、それが見つかったようなんです。十一人のうち七人の遺体が判別できたようです。でも楠千尋が日本に戻ってきたときは灰になっていたそうです。これは叔父、母の弟から聞きました」

「その頃からイギリスとチリ、アルゼンチンが領土争いをし出したからな。日本人の天文学者がなぜ南極に行かされたのか分からないが親父さんは南極での軍事作戦の犠牲になったのだろう。戦争が終わったというのに皮肉なことだ」

「でも村川隊長は戦争中は作戦本部でビールばかり呑んでいたのでしょう。いいことじゃないですか」

「そうだ。冷房の効いた食堂でビールを呑んでいたなあ。秘密だぞ、書くなよ」

村川隊長は頬に小皺を立てて小気味よい笑い声をたてた。

雪上車には2センチほどの雪が降り積もっていたが鳥かごの中の雛はウシャンカの中に収まって静かに佇んでいた。私はさっそく残り少なくなったホセ・サンチェス・バスタマンテ手製のペンギンミルクを掌に置いた。コドクは嘴を突き立てて啜り出した。この雛と出会えたのは二十億分の一の確率だった。出会いは劇的だ。大切にしたいと思った。

基地に戻った我々を最初に出迎えてくれたのはアデリーペンギンだった。悄然とした姿で雪原にただ一羽佇んでいたペンギンは、ジャスティンの口笛を聞くなりよたよたと短い足を動かして寄ってきた。それから大手を振って迎えるジャスティンを素通りすると私の手にした鳥かごの前に佇んで、中にいる雛を覗き込む仕種をした。きょとんとした黒い目がビー玉のように無機質だったのでペンギンの感情を推し量ることはできなかった。だがコドクを歓迎している様子は感じとれた。

「戻ってくるまでにこの子用のテントを作っておく」

ツインオッター号に乗り込む私を見下ろしてジャスティンが言った。コドクはウシャンカの下に隠れていた。それをジャスティンが少しだけ開いた。黒ずんだ灰色の腹部から爪だけが覗いていた。さらに押し上げると無念無想の顔で目を閉じているコドクが現れてきた。私は人さし指で白い綿毛に覆われた頰を撫でた。一本の細い線から瞳らしきものが黒い光を放ってきた。それは一瞬のことだった。コドクの顔はすぐに悟りすました待小僧のようになって頭に載せた髷をさらして目を閉じた。

ツインオッター号は二百メートルほど滑走して離陸した。視界は良好だった。五時間後には八百キロ離れた西ドイツのノイマイヤー基地に到着する。その後天候が順調ならば1988年一月一日の元旦に「あすか基地」に到着できるはずだった。私は膝の上に鳥かごがないことにいくばくかの虚しさを感じて、飛行機が水平飛行に入らないうちにスキットルを取り出した。窓からは氷山の代わりに切り立った山が見えてきた。それがどこまでも続く。地図にはない名の付けられていない山々だった。地図と睨めっこをしていた村川隊長がふいに振り返って大声をあげた。

「おい、文豪見たか。山がとんがっていたぞ、すぐそばを飛んだぞ。ん、何だ、もう呑んでいるのか。おれにも寄越せ」

ウイスキーを奪った村川隊長だったが三十分もしない内に鼾をたて出した。酸欠状態になった機内には次第に鼾がこだまし出した。どれくらい時間がたっただろうか、眠っていた私の肩を揺り動かす者がいて仕方なく目を開いた。ピンク色の唇と薄茶色の口髭が目の前を泳いでいた。青く灰色がかったやさしげな瞳が私を見ていた。

「サンジューロー、約束だ、操縦を代わってくれ」

「おい、冗談だろ」

「君がウイスキーをまだ呑んでいないことは知っている。見ていたんだ。おれは眠い」

ジョンは私の肩を鷲づかみにして手前に引いた。へっぴり腰で中腰になった私は操縦席までよろよろと行くとまずラス機長に挨拶をした。副操縦席に座るように促されたので、遊覧飛行のつもりで席に着いた。広がった天空が脳を掠めた。

「ベルトを締めたら操縦桿を握ってくれ。動かさなくていい。動かしたら墜落する。ただ握っていればいいんだ」

ラス機長は不敵な笑みを浮かべてそう言った。言われるままに操縦桿を握った私は、数分たってラス機長が傍らに置いてあったコーヒーカップを手に取って飲んでいるのを横目で見た。

「あの、いま誰が操縦しているんですか」

「君さ」

ラス機長は首を回して言った。操縦席には宇宙から微細な光の粒がやみくもに降り注いでくる。左下方には凍りついた山々が鮫と合体した戦闘機のように狙いをすまして鋭利な刃を向けている。うむ、と私はいささか古風な呻き声をたてた。

第三章

飛べない渡り鳥

1

憧れの「あすか基地」もテント生活が四日目を迎えるといささかうんざりしてきた。南極空路開拓隊は恐ろしいほど天候に恵まれ、予定通りハレー・ベイ基地から西ドイツのノイマイヤー基地を経由して元日の早朝に到着し、隊員たちの歓迎を受けて正月のおとそを呑んでお祝いをしたのであるが、その日の午後から低気圧が上空に居座り、それからはずっとブリザードに見舞われて外に出るのもままならなくなっていた。狭い基地内は二週間前に着いた越冬隊員十名と四名の夏季隊員でごった返していたので「勝手に開拓隊」のテレビクルーは外にドーム型のテントを張って一日のほとんどを八畳間ほどのその狭い中で過ごすハメになったのである。テントの柱は昼夜を問わず平均風速18メートルの強風にきしみ、獣の遠吠えに似た不気味な音を響かせた。食事は基地に駐留しているコックが料理してくれたが、その主食である握り飯をテントの中でほおばる我々は、さながら官軍に攻め込まれて敗戦必至となった北国の城に籠城する雑兵たちの趣があった。

キャンプ慣れしている元山岳部の谷本と後藤泰治郎カメラマンは睡眠の熟練者であった。いつでも寝袋からだらしのない顔を半分だけ覗かせて、色香とはほど遠い寝息をたてて眠っていた。しかしながら後藤カメラマンは日本ではただ一人の極地専門カメラマンでアマゾンの奥地で蛭に血を吸われながら人類未踏の秘境をカメラに撮ったかと思えば、エベレスト山頂に挑むタレント化した山男の勇姿を撮影する怪傑カメラ人間なのである。険しい氷河の上でバンザイをする主演の山男は10キログラムのリュックサックを背負っているだけだが、彼を映像に収める後藤は20キロの荷物に加えて重量16キロのカメラ機材を肩に担いで山男より険しい雪道を先に登っていくのである。フリーカメラマンの気力と能力の高さに較べれば麻布新聞の写真部は「屁」みたいな存在であった。悪戦苦闘の末、「あすか基地から新年おめでとう」の記事を本社に送稿した関谷記者兼カメラマンは便秘で悩み続け、臭い屁をこいて瞑想中を台無しにされた村川隊長の怒りを買い、隊長からワインのコルク栓で尻の穴に栓をされまいと必死で逃げまどっていた。押さえつけたのは谷本であった。

村川隊長は基地内で越冬隊長の矢野氏と、国立極地研究所のあり方や南極観測に対する理念、国家政策の不明確さ、海上自衛隊が運行する観測船「しらせ」に日本の有為な地質学者が半年間も閉じこめられる不合理さ、文部省からの支援金三十億円の一部が使途不明金になっていることについて真面目に話していた。通りかかった私が、越冬隊長には特別手当がつくんですか、と訊くとふたりは異口同音に「そんなものはない」と答えた。ただ現役の矢野越冬隊長は毅然としており、元越冬隊長の村川雅義氏は口元を歪めて含み笑いをしていた。その村川隊長のところに、新年になって初めて「あすか基地」が受信したファックスが届けられた。そこには「村川邸、新築工事の設計図。フロームワイフ」と書かれてあった。村川隊長、あと何年生きるつもりですか、と私が訊くと、隊長は童貞少年が初めて娼婦と対面したときのように頬を赤く染めて「許してたもれ」と呟いた。

テント内での鼾と屁の攻勢にまいった私は、30メートルほど離れた基地内の隅に孤立して建てられた気象観測部屋に入り浸りになっていた。気象庁から派遣されたまだ二十代の青木輝明氏から借りたゲームに熱中していたのである。努力の甲斐あって「信長の野望」では東北から九州全土までを制覇し、「お嬢様くらぶ」では貞操堅固のエリカちゃんの服を脱がせることに成功して青木氏から「ゲームの達人」の称号を受けた。その夜、私の一日早い誕生日とラス機長の一日遅れの誕生日を祝う会が、夏季地質調査隊の壮行会のどさくさに紛れて行われ、隊秘蔵のローストビーフに舌鼓を打ち、ここでは珍しいビールをたらふく呑んでしたたかに酔ったのである。

誕生日の朝は七時半に目を覚ました。私としては初めて経験する四十歳の年齢であった。祝福の嵐がテントを揺すり雪原で咆哮していた。喜ぶべき私の頭にまず浮かんだことは、小便がしたいという強い欲求だった。しかし、ブリザードの中を30メートル離れた基地まで行くのは億劫だった。テントの中の気温は零下五度でも外気はそれより十五度くらい低いはずだ。外にはドラム缶を半分に切った小便用の容器があったが、この荒天寒気の下につましく身を潜めている亀頭をさらすのはあまりに忍びない。酒をしこたま呑んで眠っている関谷の口の中に放尿すべきかしばらく考えた末、私は思いきって外に出ることにした。寝袋から抜け出して防寒具をつけて登山靴を履いた。村川隊長は新築の家を夢見ているのか寝袋から両腕を伸ばしてバンザイの体勢で眠っている。ラス機長とジョンは蓑虫のように互いに向き合って横になっている。この飛行中ラス機長はコーヒー党であると信じていたのだが、それはアル中を隠すための仮の姿であることを昨夜私たちは目の当たりにした。ウイスキーの瓶を片手に訳の分からないインディアン民謡を高吟する姿は隊員たちの度肝を抜いた。空の浴槽に上半身裸で頭を突っ込んで意識を失っていたラス機長をジョンと共にテントに運び込んだ飛行隊は、みんなへとへとになって寝袋にもぐり込んだものだった。

私は足元に気を配りながらテントの出口まで忍び足で行った。雪で塞がれたテントは周囲をまるでコンクリートの塀で囲まれているような堅牢さである。私は息をたらふく吸い、気力を充満させるとエイヤーと雪の壁を蹴飛ばした。雪は砕けず、蹴飛ばした反動で私の身体は真後ろに飛ばされた。後藤泰治郎の身体の上に落ちたらしく、キャンという啼き声が後頭部から聞こえてきた。同時に「小便がリーチ」と胸の内で喚いた。

私はしゃにむに雪の城壁を蹴飛ばしたが、敵は少しもたじろぐ気配を見せない。そこで雪の塀を崩すことはあきらめて、テントの隙間からなめくじのように這って何とか外に脱出した。そこでは吹雪の速射砲が待ちかまえていた。安吾の小説に「吹雪物語」という途方もない小説があったなという思いが頭の隅に灯り、氷の上で泳いでいる内に私は氷河の裏側にできたような雪洞(せつどう)に滑り込み、硬いもので頭を打った。数秒間気を失っている間に失禁した。温かい液体が太股の内側を流れ、私は白蛇にからまれている至福のときを味わいながら瞼を開いた。

それからこのままでは凍死を免れないと知り、しばらくジタバタしている内に雪洞内に垂れ下がっていた縄に手がかかった。基地までどれほどの時間を要したか分からなかったが、ブリザードに何度か叩きつけられながらも、必死で踏ん張って基地までたどりつき二重ドアを開いた。気象観測室に入ったときはまだ生きていると実感した。五十歳で逝こうと計画をたてていた私は、生きることにどれほどの意味があるのか理解できないでいたが、今はただ無性に幸せを感じた。

「幸せだなぁ」

床にへたり込んで自動発電で灯っている電球を眺め上げていた。奥の寝室から青木輝明氏が眼鏡をかけ直しながらやってきて、幸せ色に染まっている私を発見すると「どうやって来たんですか。このブリザードだったら10メートルも行かない内に遭難してもおかしくないんですよ」と白目の部分を青光りさせて言った。それが彼の驚いた合図なのだ。日本を出発する前、結婚を約束した彼女に「一年間南極に行く。今年から設営された『あすか基地』というところで気象観測に携わることになったんだ」と言うと、待っていてね、という彼の思いを聞かずに「じゃあ、いったん別れることにしましょう」とあっさりと返事をされ、いったんって何？　とひっかかりを感じつつ青木氏は仰天の目玉開きをしたのであるという。

テレビクルーが空き腹をかかえて寝ている間、私は基地内の食堂で温かい飯が盛られた朝飯を食った。一服している内にブリザードも大分落ち着いてきた。私は機械室の片隅に何故かゴルフクラブが置かれていることに、到着以来目をつけていた。誕生日にはあれで祝砲をかまそうと狙っていた。

ドライバーを手にして私は気象観測室から外に出た。吹雪は弱まっていて、50メートルくらいなら視界が利く。「青木輝明気象観測員」と私は呼んで、ちょっと、と手招きをした。何すか、と眠そうな顔で戸口までやってきた彼に、「誕生日祝いにティーショットを打ちたいんだ。写真を撮ってくれないか」と頼んだ。いいすよ、と言って彼は防寒具を二重に重ねた重装備で外に出てきた。私はテントに置いてあった荷物の中からキヤノンのカメラとタイトリストのゴルフボールを二つ取り出した。ゴーグルを嵌め直して、真っ白な雪原に雪男の連れ子のように途方にくれて佇んでいる青木氏にカメラを預けた。

「ゴルフボールも用意していたんですか」

「このボールにはおれの名前が印刷されているんだ」

「しかも二個も」

「凍傷できんたまを失くしたときの予備だ」

「わけが分かんない」

私は分厚い手袋をしている青木氏にシャッターを押すときは脱ぐように指示してから、ティーの形に固めた雪の上にボールを置いた。白銀の世界のティーアップである。だがいきなり風が強まりゴーグルに雪が銃弾のように吹き付けてきた。視界は10メートルほどに狭まった。

「いくぞォー。しっかり撮れよ」

三十郎印のボールめがけてドライバーを振った。ヘッドの真芯に当たったボールは雪に交じってどこかへ消えた。もう一丁だ、と私は叫んで再びドライバーを振り回した。フィニッシュの瞬間風速20メートルの風が正面から吹き付けてきて私は体勢を崩した。青木氏はカメラを抱えて仰向けにひっくり返った。私は近づき、不様な亀のように四肢を上に向けてバタバタしている彼の脇の下に肩を入れた。基地内に戻るまで我々は何度か滑り雪の上で重なり合った。気象室内の暖房に当てられると頭の中でヤシの木が揺れた。

「飛びましたか？」

顔をびっしょり濡らした青木氏は眼鏡の奥に少年のような輝きを見せた。何故だかそこに皇帝ペンギンの雛の面影を見たような気がした。

ブリザードの中に消えていったボールの行方など分かるわけがない。私は見栄を張るついでに嘘をついた。

「ああ、2000メートルくらい飛んだよ」

2

「あすか基地」での送別会の夜は料理長の肝いりでベーコン巻きのステーキが出された。

それに鮭と雑煮が付いていていた。医療担当の川内氏は、来て数日だというのにもう里心がついて、「教授が医局からおれを追い出したのは、おれの妻が美人だったからに違いない」と憤慨していた。その妻と共に写っている写真を見せられた私は、それはあんたの邪推だ、と言ったが彼は納得する気配は全くなかった。川内氏のような思い込みの烈しい者は恐らく一年間ここで暮らすうちにクレバスに飛び込むことだろう。

私はゴルフショットのあと、雪の止んだ雪原で谷本と共に雄大なセールロンダーネ山脈に向かう姿を映像に撮った。それはドキュメントによくありがちなフェイントで、実際に私たちが登ったのは隣にある大和山脈の麓に位置する普通の岩山で、山登りの経験などない私はそれでも途中で滑り落ちる危険を何度か感じた。後藤カメラマンは岩肌にへばりつく私の様子をカメラに収めながら小声で「靴の先端を立てて岩の隙間に突っ込め」とありがたい助言を送ってくれた。それは「キャン」と数時間前に啼いた人とは思えない冷静さであった。無事撮影が完了すると、彼はこれでギャラ百万円分の仕事はやったと胸を撫で下ろしていた。いい人なのだ。

一月六日の朝は快晴であった。我々は小所帯だが気持のよい隊員たちに送られて、二日酔いの治まったラス機長の操縦するツインオッター号で７００キロ彼方の昭和基地に向かった。途中でジョンが頭痛を訴えたので私が副操縦席に座った。ラス機長が横目でこちらを窺ってニヤリとした。不気味な笑顔であった。眩しい陽光が正面から操縦席に射し込んできて眼を開いておられないほどだ。横を見るとラス機長は操縦桿から手を離してコーヒーをたしなんでいる。乗員の命は私の操縦に託されていた。太陽と青空と白い雲。全てが楠三十郎を喜ばすために用意された壮大な宇宙装置のように思えた。軽快なエンジン音を聞きながら、もしおれがここで死んだら誰が一番先に喜ぶだろうかと考えた。挙手するやつの顔が次から次へと浮かんできた。十三人まで数えたところで、その後方にまだ順番待ちをしているやつらが延々と続いているのを見て、数えるのをやめた。後方の席に戻ってウイスキーを呑んでいると、目を覚ました村川隊長がおれにも寄越せと言ったので席の前後で酌をし合った。その内に飛行機は昭和基地上空を旋回していた。ヘリコプターが歓迎と着陸案内の意を込めて飛んできた。

村川隊長の顔で基地の隊員たちから歓待された私を含めたテレビクルーは夜通し呑みあかし、私には特別に700メートルの氷の下から掘った「コア氷」が提供された。

「これは一万五千年前の氷です」

と二十八次観測隊の荻原輝夫氏が囁いた。ウイスキーを注ぐと細かい泡が立ちのぼった。氷が泣いていると思った。ひと口呑んだ。ウイスキーの味がした。うまい、と私は唸った。

南極に来た甲斐があった、と呟いた。それはサンプル用にボーリングした氷であり、客人をもてなすためのものではなかった。じっくりと呑んだ私は、人生で最初で最後のコア氷のロックだとしみじみと思って溜め息をついた。ふいに荻原氏の顔が数センチ近くに寄ってきた。

「今年の四月には日本に帰ります。そのとき楠さんにコア氷を持っていきますよ」

「それなら横浜に迎えに行く」

「妻と娘ふたりに会って下さい」

「毛深い愛人はいないのか」

「ケ……？」

「日本に戻ったら拙者がすぐに会って消息を伝えてあげよう」

「愛人なんかいませんよ。でも谷中の小料理屋に和服の似合う……」

私たちは恋人のようにひそひそと密談していた。翌日、荻原氏は太陽が全く射さない八月の南極基地内のバーで、女装をして隊員にサービスしている写真を私に見せてくれた。かなりグロテスクなシロモノで、娘さんが父親に似ていなければ幸いなのだがとおもんばかった。日本に帰ったらすぐにこの写真をお宅に届けると言うと、それはやめて頂きたいと将来の昭和基地隊長らしからぬ純真さで頬を染めた。

一月八日には日本からの観測船「しらせ」がオングル島に着いてその歓迎式が行われ、基地は男ばかりのお祭り騒ぎになった。中央では村川隊長が握手攻めに遭っていた。それを見ながらドラム缶に座ったラス機長がふと洩らした言葉が印象に残った。

「極地では階級や人種に関係なくみなが助け合わなくてはならない。私はカナダに自分の会社を持っている。若いパイロットが二十名いるが十年もたてば私は彼らに追いつかなくなるだろう。それまでは私は極地を専門に飛んでいくつもりだ。ここには協力し合う精神がある。その精神を受け継ぐことが私の使命だと信じているんだ」

翌朝七時に「食事ですよォ」という声に起こされた。目を擦ってよたよたと食堂まで行って口にした朝粥が、涙が出るほどうまかった。食後、便所に行くとすでに数名が順番待ちをしていて、先頭に立っている村川隊長はズボンのベルトを緩めて臨戦態勢に入っている。すぐ前には昨日会ったばかりの副隊長の鮎川実氏四十三歳が立っていた。そこで彼に、ここで待っていても仕方ないからヘリでどこかに案内してくれないかと頼むとオッケーですよとどこか獺を連想させる気さくさで即答してくれた。列を離れてヘリのところまで行って出発準備をしていると、すっきりした様子の村川隊長が煙草をくわえて現れた。するとと谷本と後藤がカメラ機材をかかえて雪を蹴り立てて走ってきた。どこへ行くんだと村川隊長が訊くので、昭和基地周辺を見物するんですと答えるとじゃあおれも行こうという。結局麻布新聞の関谷を除いた南極開拓飛行隊がみんなヘリに乗り込んできた。海上自衛隊のヘリはさすがに迫力があり、銃弾は搭載していないが腹に響く爆音が男心をかきたてる。氷河を割ったクレバスの裂け目の上を飛んだときはヘリの横っ腹が開けられたままなだけに寒風が吹き込んできてさすがに痺れた。

二十分ほど飛んで着陸するとそこはＦ－16と名付けられた給油ポイントで赤い旗が立てられた脇に燃料タンクが数本雪の上に投げ出されていた。３６０度見渡す限り雪原である。頭上に丸い雲がひとつだけ浮いている。私はヘリから離れたところまで行き、せっせと雪穴を掘り、即席の便壺を作成すると防寒着のズボンを下ろした。これまで世界中のいたるところで野糞をしてきた私はその深遠な行為が気宇壮大なる神域にあることをたびたび感じた。尻はフィンランドのムーミンの里でも剝き出しにされ、西アフリカのセネガルとマリの国境近くでは、毒々しい花の絵柄模様の薄い生地をまとった娘たちが髪を振り乱して踊るのを砂漠の砂にしゃがみ込んで眺め、韓国ではのどかな段々畑を見下ろしながら排出した肥やしを埋め、ブリキ缶に入れた水で尻の穴を洗った。カリフォルニア州の名門ゴルフ場ラ・コスタの南４番ホールの林の中では折からの下痢に我慢できず、ついにヤシの木陰にしゃがみ込んだ。それをメンバーの理事に見とがめられ、君の行為はゴルファーにあるまじき不名誉なことでゴルフ場に対する冒瀆だと叱られ、ごもっともと平身低頭した私はバツとして排出物に被せる土を運ばされた上に会員券を買わされた。たった一度の下半身の不始末に、大変な出費を余儀なくされた。下腹部はいつもかしこまってしかるべきなのである。

南極大雪原での排泄は爽快であった。白い穴に鎮座した豊かな便は気高く神々しかった。私はアノラックから手帳を取り出した。そこに自分の名前を書いて胃薬を入れておいたビニールの袋に納めていると村川隊長がサングラスを半分下げて近づいてきた。文豪、糞か、と訊くので、そうですと私は実直に答えた。ここまでの道中ではほとんど雪原で排便をすることがなかった。「あすか基地」のご不浄は雪を溶かした水を利用した水洗便所で、しかもやや冷たかったがウォシュレットがついていた。

「何をしているんだ」

「拙者の名前を書いたんです」

私は「楠三十郎」と書いた手帳の切れ端を納めた袋を雪穴に入れ、その上から雪を被せた。村川隊長は何事かと私を見つめた。それで？　と訊いてきた。

「数百年後には、この排泄物は棚氷と共に氷海に出てアルゼンチンあたりの沿岸に流れ着くでしょう。そのとき氷の中から冷凍された糞を発見した人々が怪しまないように名前を書いておいたんです」

　ふむ、と村川隊長は白い息を吹いた。

「おれはこれまで十四回南極に来たが、最後にはみな孤独に耐えきれず人間関係に疲れ切って雪の中でくたばっていった。文豪のように退屈な時間を楽しそうに過ごしているやつは初めて見たよ。天才だ」

　そうですか、と答えた私は全然感動しなかった。そこで退屈しのぎに雪原を見回すと数百メートル離れたところに小型飛行機がいるのに気付いた。排泄の間に着陸したものらしい。人間がふたり外に出て雪に埋まったドラム缶を掘り出して給油をしていた。ロシア人だと村川隊長が言った。私はふらふらと彼らのところに歩いていってハローと挨拶をした。ふたりは全然英語を喋れなかったが、我々が日本から来た初めての飛行隊だと知るとホーホーと言って感心し出した。私はではこれからロシア基地を見学させてくれるかと英語やらスペイン語やらを取り混ぜて頼んだのだが、やはり通じなかった。最後に身振りをまじえた日本語で言って、昭和基地から持ってきたカップヌードルをいくつか差し出すと何故かそれが通じて彼らは私にさっそく飛行機に乗るように促した。それは多分奇跡的なことだった。私は村川隊長に向かって叫んだ。

「ロシアの基地を見学に来いといっていますよォ」

村川隊長を待って小型飛行機のタラップに足をかけると、遠くで撮影していた谷本と後藤がアタフタと雪を蹴りたててきてどこに行くんですかと真っ赤な顔で訊いてきた。事情を説明すると彼らも同行するという。またかよとあきれながら、おみやげを持っているかと訊くと心と肉体がありますと訳の分からない返事をした。現地に行くとすでにパイロットはロシア基地に無線連絡を入れていたらしく、飛行機から降りた我々をコサック帽を被った図体のでかい連中がゾロゾロと見学に集まってきた。ここには工場もあり二百人くらいのロシア人が駐留しているらしい。やがて基地隊長のロザノフが現れ、我々はやたらにだだっぴろい基地内をどでかい六輪駆動車で見学した。六時になると夕飯を食っていけということになり、本来は基地では禁酒になっているというのにウオッカまでふるまわれた。私はお礼にアノラックからスキットルを取り出し中味のスコッチウイスキーをロザノフに差し上げた。大喜びで呑み干したロザノフはとたんに茹で蛸のようになってサウナに入ろうと言いだした。KGBらしい目つきのよくない男も一緒に裸になった。何かの葉をまとめたほうきのようなものをロザノフは取り出して、それでもってサウナの中で日本人を追いかけ回しては叩いてくる。後藤は、許してと言って逃げまどったが、ディレクターの谷本は気張って叩かれるままになっていた。その見事な肉体に見とれたロザノフは今夜はここに泊まっていけと言いだした。私はおみやげとして谷本だけを置いておくと言ったのだが、それはあんまりじゃないの、一緒にいて下さいと急に弱気になった谷本が哀願するのでみんなで宿泊することになった。

「人生はいつも行き当たりばったりですね」

と言うと、それは文豪だけだと村川隊長は言って、まさか泊まることになるとは思わなかったなと酸っぱそうな顔付きで呟いた。それはロザノフが「そういえば三十年くらい前に閉鎖になっていた日本の基地に行ったとき黒っぽい二匹の犬が走り回っていたなあ」と言ったせいでもあった。思わぬ所でタロジロの話題に触れられた村川隊長は、二匹を置き去りにしてきた当事者として少なからず羞じらいを感じたようであった。翌朝早くロシア基地を発った我々は、昭和基地に戻ると、さっそく日本に帰る準備をし出した。

3

「あすか基地」に着陸するときは西空に張り出した低気圧に見舞われて、ちっぽけなツインオッター号は雪片のようにもんどりうってようやく着陸した。二晩の間、ブリザードに襲われるテントで過ごすテレビクルーを尻目に、気象観測室に入り浸りになった私は「信長」に全国制覇を達成させ、お嬢様くらぶの美女五人衆をことごとく「ホトトギス」と啼かせることに成功した。感嘆の溜め息をつく気象観測員の青木氏に私は句を書いた。「その声で蜥蜴喰らうか不如帰」。里心がついた青木氏は私たちが飛行機に乗り込むときは赤い目をして腕も折れよとばかりに手を振っていた。

雪の下に埋まっていた「西ドイツ」のノイマイヤー基地はまるで近代的なビルを巨大な筒の中に納めたような造りであったが、何せ小便器が高く、一番小柄な後藤氏は小用をするたびに亀頭を大砲の筒のように上に向けなくてはならず、トイレットから出てくると通路で喘ぐのが習慣となった。この基地からイギリスのハレー・ベイ基地に向かう機中では、眼下に緑色に染まった氷海にエメラルドで彫刻されたような氷山が浮いているのを眺めながら贅沢な「南極の氷でオン・ザ・ロック」タイムを過ごした。

イギリスのハレー・ベイ基地には往路と同じように雪上車でジェームスが迎えに来た。挨拶は抜きにして「コドク」はどうしていると私は訊いた。

「大丈夫、生きているよ。ジャスティンとアデリーペンギンが一緒になって面倒を見ている」

ここには新しい隊員が本国からやってきていて、雪に埋まっている基地を掘り起こす班と新基地を設営する班に分かれて何やらせわしそうだった。二年間の南極気象観測官の契約が終わるジェームスもすでに心はロンドンにあるようで、帰ったらまずゴルフ、それからブレンダと一緒にパリに行くという。「彼女はワインとフランス料理に目がないんだ。ショッピングは面倒臭いという主義さ」それは掘り出し物の彼女だとチップ代わりにジェームスを喜ばせてから、荷物を彼に預けてさっそく基地の裏に建っている気象観測用の掘っ建て小屋に行った。ジャスティンの姿はなく、小屋の傍らには1メートルくらいの高さの日の丸印のテントが風に吹き飛ばされまいと雪原にしがみついていた。それはジェームスたちが日本隊歓迎の印にシーツに丸い輪を塗りつぶした部分を切り取って縫い合わせて造ったものだった。

三つあるテント面のひとつが開かれていた。覗き込むと、中央からウシャンカが垂れ下がっていて、その下から黒く細い爪がはみ出していた。二週間ぶりに見る「コドク」の足はまだ濃い灰色の綿毛の中に埋まっていた。

「一日中そうやって佇んでいるよ」

振り返ると赤いアノラックを身にまとったジャスティンが銀色の小さな食器を手にして笑っていた。ビヤ樽が口を開いたのかと思った。顎髭に赤毛が交じっている。彼の足元にはアデリーペンギンがキョトンとした顔で突っ立っていた。

「一度だけ『コドク』がこいつの足の間にもぐり込もうとしたんだが、アデリーペンギンが嫌がって逃げ出したんだ。雛だといってもエンペラーペンギンは大きいからな。とてもママの代わりは務まらない」

ジャスティンは窮屈そうに膝を曲げると丸っこい食器の中味をこちらに向けた。魚介類をすり潰したものにスープを混ぜたものが入っていた。

「思ったより減らない」

「あんたの指から食べさせたか」

「やってみたが食わない。生きるためだったらそこに食い物があればがむしゃらに食べるのが生き物の習性なんだが、こいつには生命力を追求しようという気力がない」

search for vitalityという言葉を生真面目な表情でペンギンに当てはめるイギリス人を私はじっと見上げた。

「そこのアデリーペンギンに餌を食わせて、いったん胃で咀嚼させてから吐き出させてみたらどうだ」

「漫画みたいなことをいうな。こいつはみんな飲み込んじまう」

アデリーペンギンは話題になっていることも知らずドナルドダックに変身した面構えで立っている。ジェームスはアデリーペンギンも協力してコドクに尽くしていると言っていたが、全然役に立ってネーじゃねーかと私は思っていた。

ジャスティンは日の丸印のテントにぶら下がっているウシャンカに腕を伸ばして横にはずした。目を閉じて佇んでいるコドクがいた。黒ずんだ灰色の綿毛に全身を覆われ、白い顔はまるで眠っているふくろうのように穏やかだった。鼻から頭にかけて被せた黒い毛は相変わらずチョンマゲのようで愛らしかった。細い目は黒い横棒で引かれていた。

「少し成長したようだな」

私はそう言いながら食器に入っていた餌を手袋を脱いだ掌に載せた。それをコドクの嘴の下に持っていった。薄く目が開かれたような気がした。

「お、睫毛が動いたぞ」

特製のペンギンミルクから魚肉の匂いが微かにした。コドクの尖った嘴が掌をつついた。またたく間にペンギンミルクはなくなった。そのとき真っ黒な瞳が開かれた。深い眠りについていた童子が目覚めたような驚きがあった。ギョッとした。ブラックホールを見つめる暗黒の反射を見た気がした。

「きれいな瞳だな。初めて見たよ」

熊のように四つん這いになってジャスティンが覗き込んできた。私は食器に残っていたペンギンミルクを全て掌に載せた。容赦なく嘴が皮膚を刺し、二十秒後には全ての餌はなくなっていた。掌の皮膚の一点に血が滲んでいた。オロナイン軟膏が必要だと思った。すがりついてくる純真な瞳が空に向けられていた。

「まだ足りないようだ」

「待っていてくれ。作りおきがある」

ノソノソと後ずさりをしてジャスティンはのっそりと起き上がると、雪男のようにゆらゆらと身体を揺らして基地の方に歩いていった。残されたアデリーペンギンはやはりキョトンとしていた。

夕食をとったあとで、キャンプで仕入れたモルトのスコッチウイスキーを手にコドクのテントを覗いた。垂れているウシャンカをそっと引き上げるとそこに黒い瞳を開いたコドクが佇んでこちらを見つめていた。傍らにでかい荷物が置かれる気配がしたので横を向くとジャスティンが同じようにテントを覗き込んでいた。

「ジャスティン、おまえは野獣か。そっと忍び寄るな」

彼はまったく意に介さずに呟いた。

「どうやら『コドク』はあんたの臭いを嗅ぎ分けているようだな。おれが来てもいつも目を閉じている。ほれ、夕食を持ってきてやったぞ」

銀色の器の中には大量のペンギンミルクが入っていた。みじん切りにされた小魚の肉が混ざっていた。

「多すぎないか。それに小魚はまだコドクには無理なんじゃないか」

「大丈夫だ。朝飯の分も入っている。明日は早立ちだろ。出発の前にあんたが餌をやってやれ。もう二度と会うことはないだろうからな」

手袋を取って餌を掌に載せると、コドクは待ちかまえていたように嘴を伸ばしてガツガツと食べ出した。昼間の食べ方とは全く違って気力に溢れていた。見つめながら呟いた。

「未熟児だったこいつも、あと三ヶ月もすれば立派な雛になる。それから綿毛を脱ぎ、巣立ちを始める。幼鳥となったペンギンは北の海を2000キロも泳いでいく。それは命がけの旅だ。そして生き残るためにどうしたら速く深く潜れるか、餌をとれるかを学んでいく」

コドクはペンギンミルクを飲み込み小魚を食っている。ジャスティンは黙って私の言うことを聞いていた。

「数年間は餌を求めてあちこちの氷海をさすらうようになる。ヒョウアザラシと遭遇する危険を避けて極寒地に向かうから充分な餌がとれなくていつも飢餓状態にあるんだ。だがいつか成鳥になってこのあたりに戻ってくる。それから相手を探し、コロニーで牝と交代で卵を温め、雛を孵して親になるんだ」

「よく知っているな」

「機中でペンギン本を読んだ」

半分ほど餌を残して私はコドクの頭にウシャンカを垂らした。悄然としたコドクの瞳が帽子の中に隠れた。テントを閉じて、明日が最後かと思って立ち上がった。ギョロリと濁った目玉がのしかかってくるように見下ろしてきた。

「あとはまかせておけ。頼りないがこいつもついている」

気がつくとアデリーペンギンがそこに立っていた。ジャスティンの言葉を察したかのように頭を前後に振って見せた。向こうの雪原のテントの前では村川隊長が仁王立ちになってこちらを見ていた。スコッチを待っているのだ。

「『コドク』とはどういう意味だ」

テントに向かいかけた私にジャスティンが訊いてきた。

「孤独、だ」


村川隊長が寝静まるのを待ってテントを出た。白夜が落ちていた。冷たさが青黒い空から舞い降りてきた。私はコドクのいるテントの前に来て雪に腰を下ろした。視線が丁度テントのてっぺんに当たった。そこに銀色の微弱な光が中天から射し込んでいた。私は閉ざされたテントを見つめていた。何も思い浮かばなかった。ただ、この布切れの向こうに、これから未知の世界に踏み出そうとしているささやかな生き物が、頼れるものもなくそっと息をひそめているのだと思っていた。

どれくらいそうしていただろうか。極悪非道を自認する私の胸が底の方から熱した鉛のような強いうねりに押し上げられた。それは私の目にも伝わってきた。知らずに涙を流していた。ペンギンの雛として誕生してしまったこの子に、これから限りない理不尽な苦難が待ち受けていることを思うと、自分が崩れ落ちた氷壁に挟まれて潰されかかっているような烈しい痛みを感じるのだった。

気が付くと腕がテントに伸びていた。

そっと開いた。最初にウシャンカが目に入った。その裾から黒っぽい爪先が覗いていた。生きていろよ、そう呟いた。零下十度の風がウシャンカをそっと揺らした。テントを元に戻そうとしたときウシャンカの裾が折れた。下ろされた幕の下から頭を出すように、雛が頭を覗かせた。それから小さな上体を曲げてウシャンカの前に佇んだ。白い頬毛の中に灰色の毛に縁取られた黒真珠のようなつぶらな瞳が輝いた。

その小さな瞳に陽光を消したほの白い雪が映っていた。雛は小首を傾げた。物珍しげな表情で私を見ていた。南極のペンギンの瞳に宿る星が黒光りするものであることを初めて知った。また涙が流れた。そんな私を痩せっぽちの雛は不思議そうに眺めた。そのとき短いフリッパーが微かに動いてこちらに向かって差し出された。さみしくて人恋しさに溢れた仕種だった。私は白い綿毛に包まれたフリッパーの先端に指を伸ばした。

「コドク」

あとの言葉が続かなかった。風に雪が交じり斜めになって雛のテントに吹き込んできた。

「生き抜けよ。おまえは生きているだけで価値があるんだ」

そんな言葉が寒風に吹き荒れる胸の中をあてどなく流れた。ウシャンカを雛の体に被せる間際、闇に染まった強い閃光が雛の瞳から放たれた。脳が真っ二つに割れた。

深呼吸をした私はテントを閉ざして立ち上がった。膝が笑ってバランスを崩した。コドクのテントの前で新米の中年の私はすっ転んでいた。情けネーと思った。


翌朝は五時から掌の中でペンギンミルクを温めた。一時間ほどそうしていて、コドクのいるテントに向かった。空は晴れていたが風が強く、雪が凍結したところに足を置くたびによろめいた。コドクはウシャンカの中で瞑想していた。「おはよう」と言って人肌に温めたペンギンミルクを掌に垂らした。黒い横棒だけだったコドクの目がいきなり開き、瞳に朝の光を集めると、無遠慮に嘴を突き立ててきた。むさぼり食う貧弱な体のコドクを見つめながら、親に棄てられた栄養失調児でも生きてみせろと今度は声に出してハッパをかけた。頷く代わりにコドクは私のひ弱な掌にまた血を滲ませた。食べ終わったコドクが顔を上げた。果てしのない深みをたたえた瞳に宇宙の青い空が映っていた。私は指先でそっと皇帝ペンギンの雛の白い頬に触れた。光の針が刺してきた。それがコドクとの別れだった。

朝食後、私は日の丸印のテントには向かわずにツインオッター号に乗り込んだ。飛び立つとすぐにイギリス基地は真っ白い雪原に溶け込んでいった。コドクもその雪景色の中にいるはずだった。水平飛行に移るとすぐにスキットルの蓋をはずしてウイスキーをひと口呑んだ。もう会うことはないんだなと思うと胸が暗く騒いだ。

4

チリのカルバハール基地は相変わらず男臭かったが、再会は「バレ」という明るくいい加減な挨拶から始まった。関谷はすぐに同僚の志波原を捜したが彼は二日前にキングジョージ島まで戻るコマンダーのセルジオにくっついて、レポーターの園山めぐみの待つフレイ基地まで戻っていた。それを知った関谷は「そんなあ」と嘆息して鼻を啜った。「コマンダーは定員オーバーだと断ったんだが、あの男が莫大なドルをチラつかせるとセルジオはにやにやしてバレと答えていたよ。ハポネスは金持ちだな」と通信隊員のエルマンが皮肉を言った。

ここのアデリーペンギンの雛はクレイシと呼ばれる共同保育所に入って昼間のほとんどを仲間と過ごしていた。朝になると親ペンギンに連れられて雛が十数羽集まってきてお姉さんペンギンの指導の下、整列したり、遊んだり、凍った雪に足をとられてひっくり返ったりしていた。お姉さんペンギンはチィチィパッパとやりながら一羽一羽に目を配ってあれこれと面倒を見ている。昼頃親がやってきて、自分の子供を見つけるとそれぞれ嘴から餌を与える。雛は必死になって食っている。食べ終わると親は雛を群れの中に戻す。そして夕方になると海から腹一杯になった片方の親が上がってきて自分の子供を連れて巣に帰るのである。何だか人間の幼児と親の平和な一日を見ているようなほんわかとした気持になった。

一晩泊まってチリのフレイ基地に向かった。荷物をかかえてオステリアに入ると、フロントの男が私を見てすぐに指を当ててきた。目つきが鋭くどこか喧嘩腰なので志波原から頼まれた仕掛人かと思ったが、近づくと私宛ての手紙を預かっていると言って無念そうな表情で一通の封書を差し出してきた。イネスからの手紙だった。部屋に入ってさっそく封を開いた。折りたたまれた便箋の中に一枚の写真が入っていた。ペンギンの雛の入った鳥かごを提げてツインオッター号に乗り込む私の後ろ姿が写っていた。手紙は手書きの英文で書かれていた。

「ティラノサウルスは六千五百万年前に絶滅したけど、その頃誕生したペンギンはいまでもそっと生きている。攻撃する牙も鋭い爪も持たず、よちよち歩くことしかできない飛べない鳥が生き抜いたのよ。でもこれからの最大の天敵は人間。ペンギンが消えたとき人類も滅びるはず。あなたの雛が大きく育つことを祈っている。二十八年前、チリで起きた大地震がニッポンにツナミをもたらしたことをあやまるわ。その年わたしは生まれたの。サンジュウローの四十歳に乾杯。一緒に祝ってあげたかったけど急にニューヨークに行くことになったから。結婚するの。わたしはペンギンと同じく温血生物よ。イネス　1988年一月九日」

その日は昭和基地から二十分ヘリで飛んだF-16ポイントの雪原に穴を掘って、寒気に尻をさらしていたなと思い出していた。ミレーリャを最後に見たのは熱に浮かされてベッドでうとうとしている時だった。淡い蒸気に満ちた中をミレーリャはレモン色に包まれて遠ざかっていった。イネスの場合も走り去る後ろ姿が脳裏に残っている。ふたりとも外国に行ってしまった。どちらも別れの日は凍りついた水色の空がきれいな一日だった。

5

女優園山めぐみはゾウアザラシが待ちかまえる南極の海に果敢に潜った。南極にいる女は美しくたくましいと思いながら、ゾウアザラシから追跡される園山めぐみに頑張れ頑張れと私は陸地から声援を送った。フライ基地での全ての撮影が終わったのは一月二十六日だった。村川隊長とはサンディエゴで別れの盃を交わした。新居が楽しみですねと言うと、あれは女房の希望だと無念そうに答えてから「文豪は背中に羽を生やしたアル中だな。だがな肝臓は大事にしろ。年をとると酒しか楽しみがなくなるからな」と含蓄のある惜別の言葉を残してスタッフと共にフロリダ方面に去っていった。私はサンフランシスコを経由して日本に帰るつもりだった。新聞の連載小説はサンフランシスコのホテルで書くのが正しい作家のあり方ではないかと気付いたせいもある。飛行機代は立て替えておいて下さいという谷本の言葉は全く信用できなかったが、現金を使い果たしていた谷本から絞り取れるものはなく、仕方なく自腹覚悟で市内の旅行代理店に行った。ホテルから東京の楠事務所に電話をかけて無事を伝えたとき、テレビ麻布からのギャラはまだ二百万円しか振り込まれていないことを知ったのである。サンチャゴで秘書Aからギャラの振り込みがあったと連絡を受けた時、金額を聞いていなかったことを思い出した。それは前金のつもりだろうと一応秘書Bには言っておいたが、そのとき大口プロデューサーの烏天狗に似た容貌からけたたましい笑い声が聞こえた気がして気が滅入った。私には生きている間は返済不可能なほどの莫大な借金が残っていた。しかしこの短い旅で成長した私は温厚な人物に仕上がっていた。南極を空から見物できただけでも素晴らしいことではないかと納得したのである。

プンタアレナスで会ったマリア・ナントカが働いているはずの旅行代理店を捜してドアを開けた。いきなり「オラ」とカウンターの内側から女の声が放たれた。プンタアレナスのホテルに皇帝ペンギンの雛を持ち込んだ無責任極まる女は、まるで悪びれることなく肉まんのようにふくよかな頬を膨らませて笑っていた。

「ペンギンは南極に戻してくれたの？」

「ああ、イギリス基地に置いてきた」

「大丈夫なの？　ちゃんと生きていけるの？」

マリアは笑顔を絶やさずに訊いてきた。瞳が潤んでいた。私は不承不承頷いた。

「ああ、イギリスの隊員が面倒をみてくれている。それよりサンフランシスコを経由して日本に戻ろうと思っているんだ」

「それなら南ルートで帰ったら。南極帰りの人ならタヒチで身体を休めるのが一番よ」

ペンギンの雛のことなどすっかり忘れて、マリアは旅行代理店のセールスガールになって白い歯を輝かせた。

「タヒチ島はフランス領だからビザが必要で取るのに一週間くらいかかるけど、頑張ってあたしが一日で取ってあげる」

その言葉を聞いて私はサンフランシスコでの執筆の日々をキャンセルして、たちどころに新ルートを作成した。すなわち、サンチャゴからタヒチ島、オーストラリアを経て東京に戻る南太平洋極楽旅行の完成である。強烈な真夏の太陽が頭上にあった。

「いいだろう。イースター島からタヒチに行こう。飛行機はファーストクラスだ。領収書の宛て先はテレビアザブ」

翌日マリアとフランス領事館に行くと、狭い室内は短期就労ビザを求めるチリ人で溢れかえっていた。窓口がひとつ開くと蟻が蜜に群がるように家族をかかえた親爺どもが突進していく。気の弱い係員など恐れをなして窓口を閉めてしまう。すると蟻どもは脹れ上がって豹となり、牙を剝いて吠えるのである。南太平洋に点在するフランス領の島々はチリ人にとっては餌場なのだ。だが日本人であり観光ビザを求めるだけの私にはマリアの手助けもあって数時間の内にビザが発行された。笑みを噛み殺して出口に向かうと肩をどつく者がいる。見返すと茹でた鶉の卵を割ったような黄色い目玉が睨んでいた。何だかこわいのでそしらぬふりで人垣の中にもぐり込もうとすると今度は耳を引っ張られた。マリアが文句を言うと男はすごい剣幕で言い返してきた。

「南極のフレイ基地にいたイネスという女の人がいなくなったといっているけど、何のことだか分かる？」

「イネスならニューヨークに行った。結婚するそうだ」

男はフレイ基地で働いていたようだが見覚えはなかった。マリアが私の説明を通訳すると激しく頭を振った。そんなわけはないと言っているらしい。

「結婚相手はいないって。何人もプロポーズしたけどみんな殴られたって。ニューヨークにも行っていないらしいよ。何だかあなたが騙したような口振りだよ」

ひどい勘違いだった。オステリアのフロント係が仇を見るような目で私を睨んでいたのもその勘違いのせいだろう。だがたった一度会っただけの私が女衒のように思われる理由がつかめなかった。私はマリアの肩を抱いて男を無視するように促した。再び背後から摑みかかってくる腕を「気」で振りほどいた。男は腰砕けになり尻餅をついたはずだったが私は振り返らず外に出た。温厚さが売りの三十郎はたった一日で売り切れた。女が戦さを引き起こす見方もあれば、支配力を誇示する男が女を不幸にもする。蟻の方がずっと勤勉で禁欲的だ。私はイネスと酒を一緒に呑みたいと思ったことはあっても、彼女の肩越しに教会の壁に描かれたマリア様を恐る恐る上目遣いに見つめる真似はしたくはなかった。傍らのマリアは私の思いには無関心に、のどかな顔でマックのハンバーガーが食べたいと呟いた。無責任そうでいて可愛げのある態度が救いになった。

6

六人乗りの小型飛行機は木の葉のように舞ってモーレア島に到着した。助手席に座っていた私は生きた心地がしなかった。酒を切らしていたのだ。スーパーモデルのような脚の長い女を伴った小太りの男は、降りるとき私に20ドルのチップを寄越した。パイロットだと勘違いしたのだろう。島の中心を占めていた地中海クラブの臨時会員になった私は、南極で縮んだ身体を休めるべく、村で十日間を過ごすことになった。そこではいくつかあるレストランでの食事も、テニスラケットやダイビング器具も全て用意されてありクラブ内では現金が不要だった。受付の女がここはバカンス村だから部屋には電話が引いてないし、緊急以外は外部からの呼び出しも受け付けないからそのつもりでと説明してから、明日ニッポンからふたりの女性が来るからときどき遊んであげてねと言った。

ふたりは二十一歳の京美人と二十二歳の滋賀美人だった。京美人はダイビングライセンスを短期間で取得する目的でタヒチにやってきたのであり、引っ込み思案の滋賀美人は誘われるままに来ただけだった。だだっぴろい地中海クラブに滞在している日本人は我々三人だけだった。透明度が高く、珍しい魚がそこいら中を泳いでいるタヒチの海はダイビングには最適だったが、スクーバタンクやウエイトベルトなどの器具を身につけるのが面倒なので、私はスノーケリングをすることにしていた。

初日は京美人が潜っている海を桟橋にうずくまってじっと眺めていた滋賀美人だったが、二日目には飽きたと見えて私にくっついてモーレア島から十分ほど舟に乗った無人島までやってきた。白い砂浜が数百メートル続いた平らな浜の奥にはヤシの木が群生していた。暖風がそよぎ海から上がって呑む冷えたビールがうまかった。それまで静まり返っていた滋賀美人だったが、気を許したのかうちにも潜り方を教えてほしいと小さな声で言った。私はビールを呑み干し彼女にスノーケルを渡した。耳抜きの仕方と踵を使って海中に潜る方法だけを教えてあとはほったらかしておいた。ワアー、面白い、きれいやわぁ、魚が泳いでいるぅ、手で摑めそうや、と上品に騒いでいた彼女は、二時間ほどすると砂浜で眠っていた私の右腕の付け根を指で押してきた。目を開けると神妙に歪んだ顔があった。あのう、と呟いてから数秒たって意を決したように言った。「おしっこ」

私は首を上げて後ろに回した。遠くのヤシの木の奥が暗く湿っていた。南洋の大きな葉を繁らせた樹木が立ちはだかっていた。「ヤシの林まで行くしかないな」「こわいわ」彼女は両腕を膝の上に置いていた。白い胸の谷間に海の雫が落ちていた。「恥ずかしいし」私は緑の海に向けて顎を振った。「あの中でやればいい」

「そんなん、できへんわ」

「おれなんかさっきから何回もやっているぞ、クソだってし放題だ」

「きたなぁ」

海に下半身を沈ませた滋賀美人は水中で蛙にヒレを舐められたあひるみたいな目つきでタヒチの空を見上げた。海から海岸に上がってくる白い太股が金色に輝いた。海水で張り付いたビキニのパンティに視線が行った。

「こんなん、初めてや。冒険やなあ」

「身長はいくつある」

「160センチ丁度や」

「身体のバランスがいいな。大学で体操でもやっているのか」

「してへん。十九まで踊りはやらされたけどな、向かへんかった、お師匠さん厳しい人やったし」

夕方になって船が迎えに来た。

翌日も午前中から無人島で泳ぎ、昼にいったんクラブに戻って昼食をとりワインを呑んでから、ふたりでまた海に潜った。彼女は2メートル近くまで潜れるようになっていた。

夕食に私は中華料理を選んだが彼女たちふたりはフランス料理を提供するレストランに入った。揚げた魚を食っていると中国人の男とオーストラリア人のカップルが同じ丸テーブルにつき、男の方がいきなり禅とは何だと喧嘩腰で訊いてきたので早々に部屋に引き上げた。夜になって藁屋根のバンガローでスポーツ紙に連載中のエッセイを書いていると戸口に人が立つ気配がした。開けっ放しなので彼女が悄然と佇む姿が月の光の下によく映えた。入れよと言ってから私は仕事を続けた。しばらくして忍び笑いが聞こえたので顔を上げた。笑っていたのではなかった。籐椅子に前屈みになって座っていた彼女は指で涙を拭っていた。ひと区切りついてから私はワインの栓を抜いた。カラのグラスを差し出すと彼女は黙って首を振った。

「まだ何日か一緒にいるんだろ。友達と喧嘩したままじゃやりにくいぞ」

「そんなんやないんや。うち、ややこしい話は苦手やし」

ワインを呑んでいる私を二重瞼の眠たげな目で見つめてから、うちの名前知っとる？と滋賀弁交じりの言葉で呟いた。知らない、聞いたことがないからな、と言うと横を向き、ところどころ節目のある板壁を眺めた。マネキンに似たちょっと上を向いた形のよい鼻が少女時代の彼女を連想させた。

「おいちゃん、何してはる人なん？」

「詐欺師だ」

「嘘ばっかし」

ほんの少し覗いた白い歯をしなやかな指先が隠した。ときには恐喝もするのだがと思った。

「おいちゃん、孤独やね」

「孤独？」

鋭い氷の切っ先が胸を貫いてきた。

「だってタヒチまで来てひとりで過ごしているなんて、孤独やん。そんなひどい顔してへんのに」

「顔の問題じゃないだろう」

「顔や。男は顔や。顔を見れば何を考えとるか分かるんや」

「孤独というのはな……」

厳冬の南極で親から見捨てられたペンギンの雛のことだと呟いた。ブリザードの下で凍える小さな灰色の陰が脳裏に浮かび上がった。ワインの味が錆びの溜まった泥水のように感じられた。

「今夜、ここ泊めてもろてええ？」

「だめだ。おれの名前も知らないんだろ」

「テニスのコーチがサンちゃんと呼んではるの聞いたわ」

「だめだ」

「うちもう二十二やし。泊まってもええやろ」

私はワイングラスをテーブルに置いて立ち上がり彼女の肘を摑んだ。滋賀美人は振り払う代わりに私の下腹部に爪を立てた。芯の強い素顔が覗いた。二重瞼が、目尻の吊り上がった一重になって睨み上げてきた。

「コーチの女の人がいうてはったわ。おいちゃん、女がたくさんいてはりそうやて。そうなん？」

「そうだ」

二日後の朝、滋賀美人は何故か打ちひしがれた様子でいる京美人を引き立てるようにして潑剌と地中海クラブをあとにした。

ふたりの日本女性が出ていってしまうと、日本人は私ひとりだけになった。私は無人島に行き仰向けになって波間に漂って眠った。閉じた瞼を金色の熱い太陽が照らした。10メートル下の海中をエイの子供が戦闘機のような影を引いて素早く泳いでいった。つい二週間前まで氷に閉ざされた南極でペンギンと共に生活していたことが嘘のようだった。すでに旅が終わりかけているのを感じていた。

昼寝のあと水上スキー場に行った。前にいたオーストラリア訛りの英語を喋る女の子が、もうこれが生きている最後になるかもしれないわと言って海上に浮いた小屋から海に入った。スキーの先端が海面に現れると白い肌と赤いビキニが海中から躍り上がった。女の子はしっかりと両腕を伸ばして大きくターンした。次に私が波に乗った。波しぶきの向こうに女の子が無事に小舟に引き上げられる姿が垣間見えた。彼女は午前中はテニスに興じ、午後になると昼寝をしている私のバンガローまで来て水上スキーをしようとせがんだ。まだ十代の子供だった。地中海クラブを引き揚げる日が同じだったので女の子と一緒にタクシーで空港まで行き、そこからパペーテまで飛んだ。リュックサックを背負った女の子はシドニー行きの飛行機に乗り、私は海に突き出たバーでギターが弾き出すジャズを聴きながらギブソンを呑んだ。そこで南極での思い出は完全に消滅した。翌日、メルボルンに向かった。

ホテルに荷物を置くとレンタカーで一日かけてフィリップ島まで運転した。うまい具合に日が暮れて、観光客用にしつらえられたベンチに座ってコガタペンギンが海から浜に上がってくるのを待った。照明灯に照らし出された最初の一羽が、暗い海から銀色に光り輝いた姿を現すと、待ち望んだ人々の間から静かな歓声が同時に洩れた。観光客はコガタペンギンの保護活動をしている人々から事前に厳しくしつけられていて、喚き声を出すこともなければ、カメラのフラッシュをたく者もいなかった。

コガタペンギンは次々に浜に上がってくるとそれぞれの巣のある方によちよちと歩き出した。私が座っているすぐ傍らを青黒い綿毛をもったペンギンが登ってきた。かなりの急勾配で浜からの距離は70メートルほどもあった。そのあたりは一番奥に位置している巣で持ち主は多分まだ若造だったのだろう。必死で登ってきた身長が20センチにも満たないコガタペンギンは巣穴にたどりつくとすぐに姿を消した。コドクは今頃はイネスがくれたウシャンカを親代わりに、寒風から身を避けてテントの内側で眠っていることだろう。それから、おまえが生きている限り、おれも、と思った。

翌日の新聞に一日ダイビングの募集広告が載っていた。ホテルの部屋から電話をして今日はできるかと訊くとすぐに来てくれという。タクシーで浜に行くと、五人の白人がジャンパーやらコートやらを着て小屋の前に集まっていた。朝は太陽が出ていたが、ガイドダイバーが「運がいいと回遊魚の大群と遭遇できる」と気楽な説明をしているうちに雲が出てきて太陽を隠した。無言でダイビングスーツを着る頃には黒く厚い雲が空を覆い、強い寒風が南から吹きだした。ポートフィリップ湾の外はインド洋だ。

「乗ってくれ」の合図で男女六人はゴムボートに乗った。ガイドダイバーがエンジンを吹かし、ゴムボートは獣のような遠吠えをあげて荒い波の上を走り出した。振り落とされそうになりながらダイビングスポットまでの三十分間を持ちこたえた。ゴムボートがエンジンを停止すると高い波がゴムボートを神輿のように上下させた。背中にスクーバタンクを背負い腰を底につけていても放り出されそうになった。

波間のまっただ中で、指図された通り順番に海に入った。気温は三十度以上あったが水温は五度以下だった。潜るに連れて海流が強くなり冷たさが増した。六人が海中に入りロープを摑むやいなや猛烈な海流に襲われた。視界はゼロに近かった。インド洋は南極海に続いている。もし手を離してしまえばそのまま流されて氷海を漂うことになる。一本のロープを摑んだ六人は海中鯉のぼり状態になった。

極楽のタヒチで海面に寝そべって灼熱の太陽を浴びてとろけていた日々の記憶は、顔にぶつかってくる海藻と共にもつれて泡と消えた。何が悲しゅうてこんな苦行をせなあかんねや、と思わず関西弁で呟いていた。色々な顔が次から次に浮かび上がり、いちいちそれが誰だったか思い出していられなくなった。膀胱が一杯になり限界を感じてダイビングスーツの中に放尿したとき、海面から首を突き出してむず痒そうにしていた滋賀美人といつもキョトンとしていたアデリーペンギンの顔が重なって脳裏に浮かんだ。

その刹那、海底から砂が巻き上がってきた。ロープの端を摑んでいたオーストラリア人の筋肉マンが15メートル下の海底にある岩に肩を打って片腕をはずしそうになった。海水が水中メガネに溢れた。これはいかんと唸った。冷たさで気が遠くなりかけた。氷山にぶつかる己の幻影が揺らいでいた。そのとき、流れ着いた南極の棚氷の端に、三角錐の藁頭巾を被った「コドク」が、のどかに佇んでいるのを見たようだった。

初出　「すばる」２０１５年7月号

装画　牧野千穂
装丁　坂野公一（welle design）

高橋三千綱（たかはし　みちつな）
１９４８年１月５日大阪府生まれ。作家、高野三郎の長男として生まれる。高校卒業後、サンフランシスコ州立大学入学。帰国後『シスコで語ろう』を自費出版。早稲田大学へ入学するが中退し、東京スポーツ新聞社入社。１９７４年『退屈しのぎ』で第17回群像新人文学賞、78年『九月の空』で第79回芥川賞を受賞。83年『真夜中のボクサー』映画製作。著書に『剣聖一心斎』『空の剣―男谷精一郎の孤独』『明日のブルドッグ』『ありがとう肝硬変、よろしく糖尿病』等。

さすらいの皇帝(こうてい)ペンギン

2017年3月30日　第1刷発行

著者　高橋三千綱(たかはしみちつな)
発行者　村田登志江
発行所　株式会社集英社
〒101-8050
東京都千代田区一ッ橋2-5-10
電話
編集部　03-3230-6100
読者係　03-3230-6080
販売部　03-3230-6393（書店専用）

印刷所　大日本印刷株式会社
製本所　加藤製本株式会社

ISBN978-4-08-771107-3　C0093

高橋三千綱の本

猫はときどき旅に出る

◉四六判／電子版

「正しい人生の過ごし方とは、不意に遭遇する刹那の快楽を求めて生きることなのだ」と語る小説家、楠三十郎。三十代にして作家としての羅針盤を失いつつあると感じており、時折突き上げてくる旅への飢餓感があった。青春時代を過ごしたサンフランシスコ、憧れの南極、自作映画の売り込みに行くニューヨーク。旅先で出会う暴力や女達との思い出。去来する様々な記憶はやがて、やはり小説家であった父の思い出へと至る。小さな犬の命ひとつ救おうとしなかった父に対して、作家にとって文学とは何ほどの意味があるのかとの疑問は残ったままだった。居場所なき魂の彷徨を綴った最高傑作。

集英社の文芸単行本

Masato

岩城けい

◉四六判／電子版

父親の転勤で日本からオーストラリアに移り住むことになった真人。現地の小学校の5年生に転入したが、英語が理解できず、クラスメイトの会話がわからない。いじめっ子のエイダンと何度もケンカをしては校長室に呼ばれ、英語で弁解できず鬱々とした日々が続く。そんなある日、人気者のジェイクにサッカークラブに誘われた真人は、自分の居場所を見つけ——。『さようなら、オレンジ』で注目を集めた著者の待望の長編。◆第32回坪田譲治文学賞受賞作。

模範郷

リービ英雄

◉四六判／電子版

「ぼく」はここ何年も中国大陸の内陸部へ通っていた。それは、「あの時代の台湾はもう台湾にはない」と知人に言われ、幼少期に住んでいた台湾の、模範郷と呼ばれた故郷の面影を中国内陸部に見つけるためだった。そんなとき、「ぼく」は、台湾の大学で教鞭を執る日本人研究者から、「あなたが子どものころに住んでいた家を探してみないか」という手紙を受け取り、ついに約半世紀ぶりに故郷を訪ねることを決意した。◆第68回読売文学賞受賞作。

帰郷

◉四六判／電子版

浅田次郎

学生、商人、エンジニア、それぞれの人生を抱えた男たちの運命は「戦争」によって引き裂かれた——。戦後の闇市で、家を失くした帰還兵と娼婦が出会う「歸郷」、ニューギニアで高射砲の修理にあたる職工を主人公にした「鉄の沈黙」、開業直後の遊園地を舞台に、戦争の後ろ姿を描く「夜の遊園地」、南方戦線の生き残り兵の戦後の生き方を見つめる「金鵄のもとに」など全6編。著者渾身の反戦小説集。◆第43回大佛次郎賞受賞作。

みかづき

◉四六判／電子版

森絵都

昭和36年。小学校用務員の大島吾郎は、勉強を教えていた児童の母親、赤坂千明に誘われ、ともに学習塾を立ち上げる。女手ひとつで娘を育てる千明と結婚し、家族になった吾郎。次女と三女も生まれ、ベビーブームと経済成長を背景に、塾も順調に成長してゆくが、予期せぬ波瀾がふたりを次々と襲い——。昭和〜平成の塾業界を舞台に、三世代にわたって奮闘を続ける家族の感動巨編。◆王様のブランチブックアワード２０１６大賞&谷原賞W受賞、２０１７年本屋大賞ノミネート作。